李炳银 主编

中国创造故事丛书

逐梦蓝天

C919大型客机纪事

刘 斌 著

河南文艺出版社
·郑州·

图书在版编目(CIP)数据

逐梦蓝天:C919大型客机纪事/刘斌著. —郑州:
河南文艺出版社,2017.9(2018.8重印)

(中国创造故事丛书/李炳银主编)

ISBN 978-7-5559-0594-3

Ⅰ.①逐…　Ⅱ.①刘…　Ⅲ.①报告文学-中国-当
代　Ⅳ.①I25

中国版本图书馆 CIP 数据核字(2017)第 227820 号

出版发行　河南文艺出版社

本社地址　郑州市鑫苑路 18 号 11 栋

邮政编码　450011

售书热线　0371-65379196

承印单位　河南瑞之光印刷股份有限公司

经销单位　新华书店

开　　本　700 毫米×1000 毫米　1/16

印　　张　13

字　　数　169 000

版　　次　2017 年 9 月第 1 版

印　　次　2018 年 8 月第 2 次印刷

定　　价　38.00 元

"中国创造故事丛书"总序

李炳银

　　人类社会的历史，一直伴随着对客观世界的认识和自然规律的理解。这一过程，就是科学开始和不断融合于社会生活实际的过程，也就是人类科学技术日渐发展更新的道路。

　　习近平总书记指出，历史证明，谁牵住了科技创新这个牛鼻子，谁走好了科技创新这步先手棋，谁就能占领先机、赢得优势。长久以来，国际范围内的竞争，综合国力的竞争，其关键是科学技术的竞争，科技进步和创新是增强综合国力的决定性因素，对经济和社会发展具有先导性、全局性的意义，增强创新能力关系到中华民族的兴衰存亡。发展教育与科学，是文化建设的基础性工程，是推动经济和社会发展的决定性因素，加强科学技术创新和教育创新，有助于发展教育。创新是一个民族的灵魂，是一个国家兴旺发达的不竭动力。

　　中国曾经是一个科技文明发达的国家，拥有灿烂的文化和丰富的科技创造成果。后来因为长久相对恒定僵化的社会制度，再加上自我禁锢和故步自封，到了近现代，在科学技术领域明显落后于西方国家，结果遭受西方列强铁船火炮的凌辱。后来有人"睁开眼睛看世界"，提出了"以夷治夷"，开展"洋务运动"等主张，都是在感受到科技落后的基点上的自醒与奋起。中华人民共和国建立之后，国家独立，科技进步，日新月异。特别是自20世纪后期开始的改革开放以来，科技是第一生产力的观念得到确认，科学发展的自觉和行动愈加坚定，科技体制改革在加快，科技创新的成果不断地涌现出来，令人振奋和自豪，也让国家的尊严和综合实力获得很大提高。如今，科学技术不断更新换代，中国已经在不少科技项目中站在了世界的前列，令人至为高兴和振奋。因此，热情走近像青藏铁路建设、杂交水稻品种培育、高速铁路、航天科技、海洋深潜、超级运算、大飞机制造等这些立足于自主创新基础上的，表现了中国人独特的科技创造精神，并领先世界的科技成果项目，感受和理解中国科学家的科学思想、科学精神、科学创新、科学担当、科学情怀等丰富的内容，向科技创新致敬，就应该成为文学表达的优先选择。这也正是"中国创造故事丛书"策划、组织和书写、出版的初衷所在。

"中国创造故事丛书"以报告文学的形式，向读者真实展现我国近些年来的重大科技成果和高科技领域许多优秀人物的动人故事，目的在于提高对科技创新活动的认识和主动参与的自觉，推动中国全社会，特别是青少年形成学科学、爱科学的良好氛围。高科技成果的不断涌现，是中国国家力量和民族智慧创新精神的表现，真实生动地给予文学呈现，在增强民族自信心，增进爱国主义精神和普及科技知识的同时，积极弘扬科学精神，提升全社会创新发展意识水平，实现中华民族伟大复兴的中国梦，具有非常重要的现实意义。

参与这套丛书写作的作家，都是活跃于当今中国报告文学创作领域的骨干力量。他们不尚空谈，也没有无视和躲避现实社会生活的巨大改变，他们热情地抵近社会生活的前沿，在很多伟大的科技创造现场，在很多动人的科学人物故事中，在很多振奋人心的科技创新技术面前，在很多足以提振国人自豪骄傲的伟大创造成果获得中，很好地表现了文学家的热情，表现了文学对科学的致敬。如果说，提高全民科学素质，普及科学知识，弘扬科学精神，传播科学思想，倡导科学方法是科技工作者义不容辞的责任的话，那么，这套丛书的写作和出版，也是作家通过真实艺术表达的特殊方式参加科学推广和普及的一种表现，相信会产生积极的社会影响。

感谢所有参与这套丛书的作家和出版人士。

2017 年 7 月 26 日

卷首语

首发鲜为人知秘闻，

撼人心魄深度报告；

诗化礼赞感动故事，

航空史话科普知识；

搏击长空腾飞纪录，

高歌大风时代强音。

——献给中国大飞机事业

献给可敬的大飞机人

目录
Contents

引　言　1

第一章　千古梦幻　3

第二章　从恩平出发　6

第三章　永不放弃　12

第四章　让中国的大飞机翱翔蓝天　16

第五章　为什么是上海浦东　21

第六章　横空出世　29

第七章　C919 知多少　35

第八章　Made in China（中国制造）　43

第九章　海岛之子领军人　54

第十章　砥砺奋进的带头人　59

第十一章　从小发明家到总设计师　64

第十二章　适航与安全　70

第十三章　航电系统的故事　75

第十四章　一定要把大飞机搞上去　82

第十五章　隽永的"手模"　89

第十六章　匠心筑梦　94

第十七章　快速响应大厅　　　　　　　　99

第十八章　打造一流的客服中心　　　　105

第十九章　放飞前夜　　　　　　　　　115

第二十章　惊艳首飞　　　　　　　　　127

第二十一章　功勋飞行员的情怀　　　　133

第二十二章　壮志凌云　　　　　　　　141

第二十三章　理想在蓝天　　　　　　　171

第二十四章　"我就是农民"　　　　　　179

第二十五章　在美国学飞行　　　　　　185

尾　声　　　　　　　　　　　　　　　194

后　记　　　　　　　　　　　　　　　196

引　言

　　2017 年 5 月 5 日，C919 大型客机一飞冲天，完美的首飞，惊艳了世界，大展中国之翼雄姿。C919 大型客机实现了中华民族翱翔蓝天的梦想，在无垠的蓝天上划出了创新的轨迹，在高耸的云端亮起了时代发展的标志。为什么说中国航空梦旷日持久？为什么说中国大飞机梦、中国大飞机道路艰难曲折？C919 大型客机是怎样研制出来的？它的背后还有哪些感人故事？作家根据深入采访、调研，用大量第一手材料向你一一展现。

　　《逐梦蓝天：C919 大型客机纪事》将向你讲述 C919 大型客机如何实现新时期改革开放标志性工程，如何成为创新型国家和制造强国标志性工程的艰难历程和感人故事，同时通过鲜为人知的真实记录和理性诠释，向你普及一些航空方面的知识。

C919 首飞机组成员：机长蔡俊（中间）、副驾驶吴鑫（左二）、观察员钱进（右二）、试飞工程师马菲（右一）、试飞工程师张大伟（左一）

C919 首飞成功后，中国商飞的领导和同志们热烈欢庆的场面

第一章　千古梦幻

　　旷世奇才达·芬奇有句名言:"人应该有翅膀,假如我们这一代不能达到这个愿望,下一代也会实现。人是万物之灵,必定会像天神一样在天空飞翔。"他的天才预言和诸多研究发明范例,开启了人类进军航空航天科学的大门。

　　天宇苍穹,广阔无垠,远古迄今,人类神往,憧憬像鲲鹏展翅一般翱翔天际,自由飞翔。考古发现,位于新疆哈巴河县的"多尕特岩画"中,一幅形似现代飞机的图腾,令人惊叹!茹毛饮血、刀耕火种时期,留下人类曾企盼飞翔的历史遗迹,可谓天赋才智,灵感无限。

　　两千多年前,诗人屈原仰天长叹,追问宇宙规律的奥秘,发出《天问》:"遂古之初,谁传道之?上下未形,何由考之?冥昭瞢暗,谁能极之?冯翼惟象,何以识之?明明暗暗,惟时何为?阴阳三合,何本何化……"

　　唐代文豪刘禹锡则有千古名句,称奇天下:晴空一鹤排云上,便引诗情到碧霄。秋高气爽之时,一排仙鹤凌云飞翔,载着诗人的诗情遨游于天际……自由飞翔是先人的美好愿望。

　　更有夸父逐日、嫦娥奔月、孙悟空腾云驾雾和哪吒脚踩风火轮等神话故事展现着龙的子孙对飞翔的无限想象与期盼。大漠深处敦煌莫高窟中，婀娜多姿的飞天壁画被世人称奇道艳，据统计，敦煌500多洞石窟里，有4000多个"飞天"神女，她们仪态万千，凌空飞舞，美不胜收。华夏儿女对"飞翔"的渴望，亘古绵延，生生不息，世代相传，著书立说；象形的模仿实物则有"纸风筝""孔明灯"等，不一而足。

中国最早的风筝是古代科学家墨翟发明的，《韩非子·外储说》记载：墨子为木鸢，三年而成，蜚一日而败。是说墨翟花费三年的时间，用木头制作了一只飞鸢，但木鸢只飞了一天就落地摔坏了。这就是中国最早的"飞行器"——风筝的起源。后来古人不断琢磨研究，用竹条代替木头，把竹条编织成鸟形的骨架，纸铺于上并连一长线，引线乘风，风筝随风而飞，如大鸟翱翔于天际。

相传三国时期，诸葛亮被司马懿围困于平阳，他急中生智，制作了能随风飘浮的纸灯笼，利用灯内燃料燃烧后产生的热空气膨胀，产生浮力使其升空，并系上求救信息，其后果然脱险。因这个纸灯笼酷似诸葛亮的帽冠，后人称之为孔明灯。

纵观所述，无论从文学艺术还是军事历史，人们都充满了对升空的迫切愿望与需求，龙的子孙一直没有停止过对升空的无限探索。

1887年，中国人自制的第一个氢气球诞生在天津武备学堂，时值中法战争刚结束，由清末数学家华蘅芳独自带领工匠用锂水制成氢气，灌到一枚直径5尺的气球中，当场释放升空并成功起飞，一示国威。这也是鸦片战争后，近代中国科技史上具有里程碑意义的飞行装置发明，此后一发不可收。

1903年12月17日，美国莱特兄弟自制载人动力飞机试飞成功，拉开了世界载人动力飞行史的序幕。

1909年9月21日，在美国奥克兰市郊，一架具有升降舵装置的鸭式布局轻型飞机滑行着升上了天空。那个首位驾驶自制飞机上天的中国人——中国航空之父冯如犹如航天史上一道丰碑，把自己的名字镌刻在天穹，世界为之哗然。

1910 年 9 月，清政府在北京南苑庑殿的操场建厂棚，由刘佐成、李宝焌试制成功了中国第一架飞机。同年 7 月 19 日，中国航空先驱谭根设计制造了一架船身式水上飞机，参加芝加哥万国飞机制造比赛并获奖。谭根是世界上早期飞机设计制造者之一，他曾飞越菲律宾境内 2416 米高的马荣火山，创造了当时世界飞行高度纪录，1915 年他应邀回国进行飞行表演，并于同年 7 月筹建了广东航空学校。

1911 年 4 月 6 日，南苑航空学校校长、中国第一个从法国学成归来的飞行员秦国镛驾驶法国"高德隆"型飞机在南苑机场进行飞行表演，这是中国人在国内的首次驾机飞行。

1917 年，王助从美国麻省理工学院航空工程系毕业后，被聘为美国波音飞机制造公司第一任总工程师，他设计的水上飞机经过多次改进，终于获得成功。这款飞机作为波音公司早期制造成功的飞机之一，为开辟美国第一条航空邮政航线做出了贡献。

千古飞天梦，智慧发明家，中国航空航天的先驱者们闪烁着耀眼的星光，让华夏儿女载着荣耀继续奋进。

第二章 从恩平出发

早春二月，细雨如丝如缕，我踏着晨光，从广州前往恩平，专程寻访中国首创飞行大师——冯如的故乡。

汽车经过开平时，车窗外隐约可见一座一座的碉楼，勾起了我的回想：8年前，我曾独自来过这里，在两天一夜的漫游中，走进了20多座大小不一、形态各异的碉楼。碉楼的顶层几乎成了万国建筑博物馆，希腊柱廊式、罗马拱券式等五花八门，炫人眼目。楼内有摆着自鸣时钟、装有巴黎彩绘玻璃窗户、配有抽水马桶时尚风格的；有中式传统的，配备古色古香红木家私、悬挂唐宋字画、置有文房四宝；也有堆满纸箱、塑料袋和饮料瓶，成了废品收购站的；还有塞满柴米油盐锅碗瓢盆，成了打工者租住屋的。当年的风光逝去，繁华不再。我在昏暗灯光下的赤坎古镇徘徊，脑际里满是碉楼里大户人家和海外归侨的坎坷命运、爱恨情仇。

楼主们大部分是漂洋过海的华侨，他们少小离家，远走北美或东南亚，辛苦劳累了一辈子，干苦工做生意，携心血和汗水换来的积蓄归根还乡，又畏惧匪盗、洪水，就在这里筑起了外形奇异、别具一格的楼屋。他们倾其所有，甚至连大娘陪嫁的细软私囊也一并耗尽，只为一家人平顺安居，子孙满堂，不被袭扰劫抢……我曾痴迷，时隔多日才带着难以名状的情感从碉楼中走出。

　　车过开平，没出百里便到了恩平，此行，怀着崇敬和虔诚，专程寻访中国航空之父——冯如故里，企盼在这位传奇人物出生成长的土地上，寻觅到特别的气息，生发出特殊的灵感，开始中国大飞机之路的书写。心诚则灵，天遂人愿，恩平一日，我大饱眼福，不虚此行。在"冯如文史馆"看到了"冯如二号"飞机模型，策展人把它与大飞机 C919 摆在一起，意味深长，颇有创意。在市中心宽阔的冯如广场，在市郊森林公园鳌峰山山

本书作者刘斌在中国航空之父冯如像前留影

顶"冯如纪念馆"前，我看到了中国人民解放军空军赠予的退役战斗机，那战斗机如亲密伙伴，形影不离地伴随着冯如，又像忠诚的卫士，不分昼夜地护卫着冯如。

1911年2月，冯如谢绝美国人的重金聘请，毅然率领志同道合的兄弟，将两架"冯如号"飞机及制造设备打包装船，回到祖国。有好心人劝他，还是先落脚扎根，跟随归侨建碉楼的大潮流，在开平置地建楼，将家人安顿好，再兴事业。倔强的冯如一言不发，沉默以对。

冯如抱定"壮国体、换权利"的信念，心中只有飞机，飞机早日研制成功，也好平国难。没有国之安宁，哪有家之平静。多灾多难的旧中国，连年军阀混战，民不聊生，碉楼的业主们大部分移居海外，人去楼空，留下了多少凄美辛酸、爱恨情仇，成了人类文明的活化石，百年碉楼成了世界文化遗产。而冯如未筑碉楼，只造飞机，如今，恩平市中心的冯如广场上，冯如伟岸的铜像高高耸立，冯如精神永放光芒。

冯如天资聪敏，从小爱动脑筋，喜欢动手用木棍、泥巴做玩具，经常独出心裁，在模仿中发挥想象。还在七八岁时，就幻想人的双臂变成翅膀，像鸟儿一样在天空自由飞翔，他把风筝做成宽大翼面，挂上两只小桶，让风筝承重高飞。年仅12岁时，他还是个依偎父母的孩子，却拉着表舅的衣衫不放，要远走异国他乡，把改变面对黄土背朝天的命运投向了蓝色的海洋，投向了大洋彼岸先进的工业文明国度。漂洋过海，要经过生命的考验，40多天的海上航行，如同过鬼门关，邮轮最底层的统舱，人挨着人挤在一起，像猪崽一样。茫茫大海，无风三尺浪，蹲坐在里面，把五脏六腑颠得翻江倒海，他呕吐得死去活来。经历了渡海的艰辛，他体验到人间冷暖，于是更加珍惜时光，要改变命运，必须学本事，掌握技术。

12岁的孩子，做的是童工啊，他踏踏实实，认真学习，在船厂、发电厂、机器厂，学习机械加工，学习电工电机。1912年9月号的广州《时事画报》报道：（冯如）目睹美国工艺之精，心向往之。尝谓国家富强，由于工艺发达，必有赖乎机器，今中国贫弱极矣，非学习机器不足以助工艺之发达。于是东至纽约埠，专学机器。教师见其年少颖悟，免收学费，冯君益加勉励，苦心孤诣者十年，于三十六种机器，无不通晓。

冯如得知美国莱特兄弟成功发明了飞机的消息，深受触动，费尽周折，到莱特兄弟制造飞机的工场参观，眼见为实，明白了人类可以通过发动机产生动力，使机器飞上天。他的飞机梦从而产生。他于1908年在美国奥克兰唐人街的一间工场中，开始他的制造飞机的事业，在那里制造了大量飞机模型，并以一架自制飞机进行试飞。

1909年9月21日，是中国航空史上开天辟地的日子，是永远值得中国人引以为豪的日子。冯如驾驶自制的"冯如一号"鸭式结构双翼飞机（每片机翼长7.2米，宽1.9米，发动机为一台6马力的汽油内燃机），冒着强风做了为时20分钟的空中飞行，高度达4.5米，飞行距离800米。显示飞机性能良好，在中国航空史上谱写了光辉的一页。试飞成功的消息不翼而飞，迅速在美国华人圈传播开来，冯如成了人们追捧的英雄。

1910年，冯如根据冠蒂斯"金箭"和莱特兄弟"飞行者1号"，对设计进行了较大的改动，制造了第二架飞机，去奥克兰进行飞行表演，大获成功。孙中山先生亲临现场，给予很高评价，赞道：中国大有人才！美国国际航空学会向他颁发了甲等飞行员证书。当地媒体《旧金山纪事报》在一版以《中国飞行家的成功飞行》为题发表醒目消息，《旧金山星期日呼声报》以通栏标题《他为中国龙插上了翅膀》整版发表长篇通讯，冯如一时声名鹊起。后来，经过6次改进设计，1911年1月18日，冯如驾驶性能更加卓越的飞机在旧金山奥克兰上空试飞成功，这又是一次载入中国航空史册的飞行。飞机内燃发动机增大到75马力，飞机在地面滑行30.5米后，腾空而起，高度达12米，飞行1600米，历时4分钟。

天妒英才，中国航空事业的先行者冯如在将到而立之年时离世，他走得突然，走得悲壮。

1912 年 8 月 25 日，冯如在广州燕塘的飞行表演中，因飞机失速，不幸遇难。1912 年 11 月 1 日《东方杂志》报道：冯如驾机先由燕塘圩起飞，凌空而上，高约 120 尺，东南行约 5 里，飞机灵活，旋转自如，观者塞途，鼓掌之声不绝。君欲急于进行，翼达空际，不意用力过猛，两足浮动，身与机即坠下，头胸及股各部均受伤，红十字会驰救，而药料不足，是日适星期，陆军医生外出，又赶治不及，遂不可救。呜呼！痛哉！将殁！

冯如为家为国，以恩以义，奋身立志，本其心知之明，而穷其欲作之事，精进不已，令世人惊。身后被追认为陆军少将，遗体安放于广州黄花岗，并立碑塔，被尊为"中国始创飞行大家"。冯如弥留之际，嘱咐同志："吾死之后，尔等勿因是而失其进取之心，须知此为必有之阶段。"

英雄走了！一百多个年头过去，置身于冯如故里的土地上，我一直感觉冯如的英灵犹存，精神不死。

冯如家乡在牛江镇的杏圃村，村子不大，有百来户人家，村中房屋不高，两层居多，黄墙青瓦，保持着几十年来的古朴清贫状态，与开平碉楼的奢华大相径庭。我们的汽车在村中狭窄的土路上穿来穿去，寻找冯如家的老屋。在一排平房处，见到十几位老人在玩纸牌，个个慈眉善目，神态平和，上前问询，知冯家老宅已不复存在，原址上筑起了一座六层高的"冯如纪念楼"。我们拐来拐去，来到大门口，只见大门紧闭，又问路边乡亲，其热心告知，这栋楼是冯如海外嫡亲近年来捐建的，里面陈列一些图片和冯家早年生活用品。但是，长年不开，是座空楼。再与那位乡亲攀谈，得知冯如纪念馆在村东面，在这位乡亲的指引下，我们终于发现了村东有一座祠堂，便将汽车停在路边，走过水塘小桥，步行到祠堂近前，果然是"冯如文史馆"。祠堂大门题"礼翁冯公祠"，两侧有联：礼仪长济世，祖德永流芳。祠堂管理员是冯家嫡亲，得知我从京城专程来访，破例热情地打开房门引导参观。房门打开后，豁然开朗，这里是一座原汁原味的爱国主义教育大课堂，厅堂正中是中国航空之父——冯如的庄严塑像，

1000 多平方米的展厅内，大量珍贵的图片、文物展现了冯如的人生道路和精神风貌。

我仔细地观看，深刻地思考：冯如给我们、给后人、给子孙万代留下了什么？

他奋斗一生，声名显赫，没留下房屋碉楼，甚至老屋都没来得及整修，他没留下金钱，却留下了让人受益不尽的精神财富，留下了爱国爱乡、万世传颂的奉献精神，留下了华侨表率、航空先驱的典范形象，留下了崇尚科学、追逐梦想的伟大抱负，留下了气壮山河、志存高远的高贵品质。

与冯家嫡亲、"冯如文史馆"管理员阿伯挥手告别时，依依不舍，真想留下来深入体验感受，真想留下来深入采访细节……

小时候，听过一首歌，叫《航标兵之歌》，有一句歌词，至今记忆犹新：年轻的航标兵，用生命的火花，点燃了永不熄灭的灯光。

中国航空之父冯如就是一盏永不熄灭的航标灯。

早春二月的恩平之旅，是朝圣之旅，是学习冯如精神之旅，是深邃思考之旅，是探寻中国大飞机启航之旅。

第三章　永不放弃

　　有人说：中国造不出自己的飞机，如同折断了翅膀的飞鹰，就要被开除球（地球）籍！此语振聋发聩。

　　新中国成立以后，百废待兴，开国大典时，飞过天安门广场的 17 架飞机与阅兵广场上整齐划一的骑兵队相映成趣，这些起义归来或从战场上缴获收编的飞机循环复飞，为新中国的诞生增添了欢乐和希望。隆隆的礼炮声，使人忆起 1937 年 8 月，日本侵略者 100 多架飞机轰炸上海，成千上万的无辜民众不幸遇难，具有历史价值的建筑物受到粉碎性破坏，而在那些残墙断壁的废墟中，幸存孩子在血肉模糊的亲人身边，抬起头死死盯着掠过天空的野蛮飞机，心里默默起誓：长大后一定要驾驶着中国制造的飞机，抵御侵略，保家卫国！对中国航空事业做出重要贡献的设计师，就是这样被"炸"出来的，他们的航空救国、航空报国情怀就是在如此背景下产生的，以运-10 总设计师马凤山以及吴兴世、程不时等为代表的前辈，在后来大型客机研制中发挥了举足轻重的作用。

　　中国航空工业的正式起步是在抗美援朝之后，毛泽东主席指出，我们打了几十年的仗，建立了很强大的陆军，但是我们没有空军对付头上的敌人，我们有了建立海军、空军的条件，应当着手建立一支强大的海军和一支强大的空军。尤其是空军，对国防极其重要，应当赶快建立！根据毛泽东的指示，总理周恩来、副总理陈云、开国元勋聂荣臻以及重工业部部长李富春随即着手筹划创建中国航空工业局事宜。周恩来指出，中国航空工业的建设道路，要从中国实际出发，我们是先有空军和军机修理，原则上是依靠他们（苏联），请他们帮助我们建成配套的航空工业，道路是由修理走向制造。我国的航空工业就是在这样十分困难的历史背景下，在老一辈革命家高瞻远瞩的决策中逐步发展起来的。

1954 年 7 月，中国航空工业研制成功新中国第一架飞机初教-5 型初级教练机，毛主席欣然签署了嘉勉信：祝贺你们试制第一架雅克十八型飞机成功的胜利。这在建立我国的飞机制造业和增强国防力量上都是一个良好的开端。希望你们继续努力，在苏联专家的指导下，进一步地掌握技术和提高质量，保证完成正式生产的任务。

1954 年，中国航空工业从修理走向制造迈出了关键的第一步，把国产飞机送上了蓝天。当年，制造初教-5，第一次向部队提供了自己生产的飞机。

高天滚滚寒流急，20 世纪 60 年代，哈尔滨飞机制造厂轻型轰炸机-6 型的研制陷入了困境，身为厂领导的马凤山，同时也是轻型轰炸机-6 的总设计师，他拿出了在苏联培训实习时的笔记本——国外先进飞机制造经验以及有用的重要数据几乎全部记录在这个本子里，这珍贵的资料为后续的飞机研制起到了重要的作用。

在"两弹一星"战略任务中，西安飞机制造厂承担了将轰-6 飞机改装为投掷飞机的任务，这是周恩来总理挂帅抓的项目。西飞厂领导没提任何困难，只讲向哈飞请调一个人——马凤山，理由是，一个笔记本就起了那么大的作用，人来了作用就更大了。就这样马凤山于 1964 年调到西飞厂，担任设计科长兼总设计师。

飞机总设计师作为设计的统帅，要能通观全局，从错综复杂的各项制造方案中，做出正确的抉择，同时是多个专业的跨领域专家，他必须知晓跨专业研究问题的关键，敢于大胆创新，突破难关。马凤山就是这样的飞机总设计师，为大飞机研制起到了无可取代的重量级作用，加速了我国在大飞机研发制造的前期经验、技术积累进度。

现在北京东郊民航博物馆里陈列的毛主席专机，是一架苏联伊留申设计局设计制造的伊尔-14型飞机，1957年人民空军将这架飞机改装成首长专机，毛主席乘坐过该机两次，那幅《毛主席在飞机上办公》的著名图片，就是在这架飞机上拍摄的。

毛主席对飞机情有独钟，他高瞻远瞩，曾十分幽默诙谐地对中航工业人士讲要先学楷书，再写草书。意思是要中航工业虚心向"苏联老大哥"学习。20世纪中国航空工业主要依据苏联的设计标准、制造要求，模仿安-24，研制了涡桨飞机运-7，后来，老树开新花，一代天骄新舟60问世，在走向独立自主的道路上蹒跚前行，自主设计研发的运-12勇闯海外世界，在通用飞机研制和适航标准方面迈出了可喜一步，鼓舞人心。

回望中国大飞机之路，一波三折，令人倍感酸楚。20世纪70年代，中国对大型喷气式客机的首次冲击开始了，1970年7月中旬，毛主席视察上海，指出上海的工业基础好，可以搞飞机。于是7月28日，空军航空工业领导小组召开紧急会议，传达毛主席指示，上海要搞大飞机，定位大飞机作为周恩来总理出访专机。

运-10飞机搞出来了，尽管有七上雪域高原的辉煌，尽管被明嘲暗讽为"707+1"，但是这个经历，无疑是中国人追梦大飞机的第一次伟大实践。

新世纪的第一个春天来了，寒凝大地发春华，红墙外的白玉兰翘首蓝天，含苞欲放。采访中，中航工业的一些老同志、老领导介绍说，时任国务院总理朱镕基在听取国防科工委刘积斌主任关于要上喷气支线客机项目的汇报后表示，国家民用航空市场大，对支线客机的需求多，发展支线飞机符合国情。

朱总理单刀直入地问需要多少钱，刘积斌主任说至少50亿元。

朱镕基总理果断回应，可以给25个亿。又指示说，不能按军机那一套搞。

上民用飞机项目啦！新支线喷气客机项目被列为国家新产业计划的12个重点项目之一，2002年6月14日，国家发展计划委员会正式批准新支线飞机项目立项。

中航工业第一集团群情振奋，调整思路、创新思维、创新体制，彻底打破计划经济的桎梏，创立组建了新型项目公司——中航商飞，实行现代企业制度管理，明确市场观、客户观，明确走自主研发—国际合作的道路。

后来，随着国家大飞机C919项目的确立，中航商飞整建制连同ARJ21-700型新支线飞机项目归于中国商飞公司。如同田径场上激烈的接力赛跑，中国商飞不忘初心，永不放弃，艰难前行，攻克难关，ARJ21-700新支线飞机告捷。2008年，中国飞行试验研究院（简称试飞院）副院长、首席试飞员赵鹏驾机首飞成功，实现了中国国产喷气客机零的突破。2014年12月30日，ARJ21-700飞机成功获取了中国民航局颁发的型号合格证，这是中国民机发展史上的重要里程碑。

2016年6月28日，ARJ21-700飞机正式投入商业运行，由全球首家客户成都航空公司经营，执行成都—上海—成都航班运营，2017年又开辟了成都—长沙—上海—长沙—成都航线。

ARJ21-700飞机开启了万里蓝天上有中国喷气客机的新纪元，是中国大型客机的开路先锋。

第四章　让中国的大飞机翱翔蓝天

2006 年 1 月 5 日，时任国防科工委新闻发言人的金壮龙在国防科技工业工作会议新闻发布会上发布：中国在"十一五"期间，将"适时启动大飞机的研制……"。大型飞机项目与三峡工程、青藏铁路等重大国家项目工程一样，在立项之前就引起了高度的关注和激烈的论证，许多省市表示了强烈的参与研制意愿，讨论焦点集中在由谁实施、怎样实施等具体落地执行的问题上，比如由上海总装还是由西飞总装？完全自主研制，还是国际合作？各路专家争相献计，可以说大型客机项目的论证过程是继三峡工程、青藏铁路项目后，新中国又一次重大项目的民主讨论。同年 2 月 9 日，国务院颁布了《国家中长期科学和技术发展规划纲要（2006—2020年）》，其中确定大型飞机专项为未来 15 年内力争突破的 16 项重大专项之一。大型飞机是我国到 2020 年科技发展中的重中之重。

2006 年 7 月 17 日，国务院批准成立大型飞机方案论证委员会，由张彦仲、李未、顾诵芬三位院士牵头，共 19 人。他们进行了 6 个多月的调查研究，论证大飞机的战略机遇、奋斗目标、总体方案、研制途径、关键技术、军民结合、进度经费、体制定点、风险对策等问题；提出了"大运、大客协同发展"的方案；大客先从 150 座级切入研制；走自主创新为主，争取国际合作的研发途径；建立股份化项目公司的体制创新；实施"主制造商—供应商"的新模式等意见；完成了《大型飞机方案论证报告》。

2007年8月30日，中央政治局常委会批准国务院关于大飞机专项的报告；批准成立大飞机公司筹备组。

2007年盛夏时节，大型客机推进工作积极展开，中央任命时任国防科工委主任张庆伟为大飞机项目筹备组组长，国防科工委副主任金壮龙为副组长，于北京成立了临时办事处。国庆长假，大家只休息3天，几间不大的办公室，每间摆七八张办公桌，两个小会议室利用率非常高。条件简陋，一些从上海、西安来的同志只能蜗居在小宾馆里夜以继日地商讨方案。12月中旬各项准备工作就绪，筹备组完成了大型客机可行性深化研究和大型客机公司组建方案（草案）等工作。

2008年3月13日，国务院正式批准成立中国商用飞机有限责任公司（简称中国商飞公司），明确了中国商飞公司是实施国家大型飞机重大专项中大型客机项目的主体，也是统筹干线飞机和支线飞机，实现我国民用飞机产业化的主要载体。

公司第一届董事会召开前夕，北京办事处灯火通明，时任中国商飞公司总经理助理兼办公厅主任，上海飞机制造厂厂长、党委副书记的贺东风带领人员通宵达旦准备会议文件。那是多个不眠之夜，也是令人难以忘怀的群情激昂的创业岁月，董事会通过了公司组织架构，选举产生了公司经营班子。不久，北京办事处移师上海，还是老问题，没有像样的办公和住宿条件，临时租借了上海沪闵路的房屋和宾馆，来上海报到的同志找不到地方，都是通过附近的餐馆打听到那个临时办公地点。从这点看，中国商飞公司是先有了办事处才有公司，卓有成效地在有限的办公环境内完成了许多应该在公司成立后才完成的复杂工作。

C919大型客机项目部部长袁文峰回忆："我从江西洪都来上海时，

犹豫不决，洪都是共和国最早的飞机制造厂之一，我已是公司副总工程师了。来上海是偶然，也是必然。2008年初来调研，被中国大飞机项目吸引，6月26日来了，一栋不大不小的楼房，百十来个人挤在一起，记得办完入职手续后问：'项目部的办公室在哪儿？'答：'还没有固定的办公室，你看楼下大厅的大办公室哪儿有空位，你就坐哪儿吧。'我又问：'项目部部长姓什么？'答：'暂时还没到位。'我有点儿茫然，感到一切都要从零开始，好在公司浓烈的创业氛围让我很受鼓舞，便逐步适应了环境，和其他新来的同事迅速投入联合工程队的组织和深化科研论证工作之中。公司打开局面后，不分白天黑夜地忙起来了。有句诗不是写着'与太阳赛跑，追赶月亮'吗？我们就是那些与太阳赛跑，追赶月亮的人。"

2008年，贺东风把停放在角落的运-10飞机牵引到厂区绿地旁，提议建立纪念雕塑，经过反复认真讨论方案，2009年五一劳动节前夕《永不放弃》雕塑在绿地中央建成，雕塑正面镌刻着"永不放弃"四个大字。徐徐向上、熊熊燃烧的火焰造型，象征着航空人追逐大飞机的梦想永不停息，研制中国大型客机、打造中国之翼的决心永不放弃。

在雕塑落成暨新员工入职宣誓仪式上，贺东风同志激动地说："我们为什么建这座雕塑，为什么在寸土寸金的厂区中央绿地陈列曾由上海飞机制造厂制造的运-10飞机？运-10是中国人制造大飞机开端的产物，看到它，我们就是要牢记前辈航空人的初心，永不放弃，坚定信心，努力奋斗，用我们的双手把中国大飞机托上蓝天！"

时隔一年，贺东风又从南方航空公司购回当年上海飞机制造厂与美国合作组装生产的第28架MD-82飞机，一方面做大型客机研制的参考，另一方面作为中国大飞机艰难曲折历程的实物样机展示。如今运-10和MD-82飞机陈列在《永不放弃》雕塑的前方，像两位特殊的历史见证者，激励着中国航空事业的后来人勇往直前！现在这里已成为中国商飞公司新员工的入职教育课堂，成为上海爱国主义教育基地，来自全国各地的参观者络绎不绝。

贺东风同志立足高处，目标十分明确，中国商用飞机的道路怎么走？中国大飞机怎么研发制造？眼前的运-10和MD-82告诫我们，老路走不通，依赖国外的路走不下去。只能"闯"字当头，走自主研制+国际标准的创新之路。

美国总统林肯有句名言：虽然心碎，但依然火热；虽然痛苦，但依然镇定；虽然崩溃，但依然自信。

2008年5月11日，中国商用飞机有限责任公司成立，第二天，四川汶川发生大地震，许多在黄浦江畔参加庆典的领导同志火速直赴四川抗震救灾，中国商飞人心系灾区的同时，把研制大型客机的决心和公司成立的喜悦化成对国家的爱，紧锣密鼓地开始了艰难的研制。

也就在这一天，时任国务院总理温家宝在《人民日报》发表了《让中国的大飞机翱翔蓝天》的署名文章，为大型飞机专项的实施指明了方向。他表示，中国人要用自己的双手和智慧制造具有国际竞争力的大飞机。让中国的大飞机飞上蓝天，既是国家的意志，也是全国人民的意志，我们一定要把这件事情做成功，实现几代人的梦想。这不仅是航空工业的需要，更是建设创新型国家的需要，大飞机研制会带动一批重大领域科技水平提升，将使中国整个大型客机制造业向更高领域迈进。

大型飞机是现代制造业的一颗明珠，因为大型飞机是现代高新技术的高度集成，能够带动新材料、现代制造、先进动力、电子信息、自动控制、计算机等领域关键技术的群体突破，能够拉动众多高技术产业发展，其技术扩散率高达60%。发展大型飞机，还将带动流体力学、固体力学、计算数学、热物理、化学、信息科学、环境科学等诸多基础学科的重大进展，做好这项工作，会全面地、大幅度地提高我国的科学技术水平。

让中国的大飞机翱翔蓝天

  实施大型飞机重大专项有利于航空工业的发展。实施大型飞机重大专项要集成世界最新技术，研制出具有市场竞争力的大型客机，最终形成强大的航空工业。

第五章　为什么是上海浦东

　　C919 大型客机根据地是上海浦东。我第一次去上海浦东是在 1966 年 8 月，"逍遥派"的我被"大串联"的浪潮冲到了上海滩。城里的公共汽车成了"文革"时期的免费旅游公交车，不管到哪里都可以随便乘坐，不用买票，爱到哪儿就到哪儿。至于火车就更是成为"红卫兵和革命师生的专列"，一分钱不交就可以周游全国。这就是"文革"初期大串联的情景，也是历史上空前绝后的特色旅游。一天心血来潮，坐上黄浦江上的渡轮，从十六铺串到浦东，以为这里会别有一番新天地，可遗憾的是，那里只有高高的芦苇丛、深深的淤泥塘、坑坑洼洼的泥土路、低矮破旧的青瓦房。我仰天长叹，脑海中立即浮出几个字：这也是大上海？游玩一天，饥肠辘辘，想寻个饭店，吞几碗阳春面，走了两里多路，才如愿以偿。

　　逝水东流，多年过去了，作为新闻记者的我，20 世纪 90 年代初再次踏上上海浦东，采写"中国航材"。陆家嘴还是那个陆家嘴，但是，我已经认不出这里是浦东还是浦西。有朋友讲，过去是宁要浦西一张床，不要浦东一间房，结果观念旧，思想僵化，想错了。

　　20 世纪 90 年代初，改革开放的春风吹到黄浦江畔，国家决定在浦东实行经济深化改革。1992 年 10 月，中国共产党十四大报告提出尽快把上海建成国际经济、金融、贸易的中心，带动长江三角洲和长江沿江地带经济飞跃发展。邓小平南方谈话指出，上海民心齐，很务实，这是人和，目前完全可以发展更快一点。邓小平进而指出，经济发展要快一点，必须依靠科技和教育。科学技术是第一生产力。要提倡科学，靠科学才有希望。

邓小平还说，上海在改革开放中培养了一批高精尖技术人才，尤其在管理和技术方面具有显著的优势。上海人很务实，只要让他们干，肯定会干出一片新天地。我曾数十次走进上海这个国际大都市，扑面而来的是雨后春笋般拔地而起的高楼大厦，熙熙攘攘匆匆忙忙的人群，似乎每个人都在为事业奔忙不曾停歇。上海是一座不夜城，五彩的霓虹灯遍布黄浦江两岸，广告和科技显示屏比比皆是，陆家嘴的金融中心更彰显了这座城市无可取代的经济地位，被国际友人称为"中国曼哈顿""东方巴黎"丝毫不为过。

2016 年 3 月，浦东陆家嘴崛起一座超高层地标式建筑——上海中心大厦，其设计高度超过附近的上海环球金融大厦。上海中心大厦，建筑主体为 118 层，总高为 632 米，结构高度为 580 米，为上海第一高楼，比建造中的北京第一高楼"中国尊"高出 104 米。难能可贵的是 37 层建立了中国目前最大的私立博物馆——观复博物馆，人们可以在这里通过一件件宝光灿灿的器物珍品，感知悠久的中华文明和历史文化。

博物馆是"异托邦"，与"乌托邦"相反，是现实世界存在的异质空间，这个空间是人类的一大发明，在上海第一高楼中设立观复博物馆，可以进一步深刻了解中国，了解上海，认识到上海的创新气魄和对文化的真心挚爱。著名画家陈逸飞生前创作了许多艺术精品，其中有大型城市雕塑作品——《上海少女》。《上海少女》将平面油画中 20 世纪 30 至 40 年代上海女性形象做成立体雕塑，刻画的是一位身姿窈窕的上海少女，她身上的旗袍、手中的鸟笼与香扇，唤起人们对老上海以及老上海女性的怀旧情结。

大收藏家邓南威与观复博物馆创办人马未都商议后，把陈逸飞的这件佳作安放在上海中心大厦，上海毕竟是"上海少女"曾有的家；"上海少女"修长曼妙扭动的身姿与上海中心大厦缓慢扭转的外形相当吻合。观复博物馆和《上海少女》雕塑在上海第一高楼落户体现了上海的文化视野。

得天独厚的经济地位和历史文化熏陶，以及大飞机研制历程和经验，使上海具备了研发 C919 大型客机的核心条件和文化基础，以及舆情环境。

浦东祝桥镇曾是芦苇丛生的一片滩涂，从挖掘机铲起第一铲泥土开始，沉睡千年的土地开始了巨变，隆隆轰鸣的建筑机械声吓跑了野兔，惊走了飞鸟。仅仅几年，在滩涂大地上崛起了中国大型客机 C919 总装的制造中心。

每天清晨，第一缕金色的阳光先照耀到这块沃土。当年，孙中山先生曾提出，在临港建设"东方第一大港"，利用深水港口造万吨以上的巨轮，直通太平洋，走向世界。现在，临港已经独立成新城。过去一片荒滩，是"野兔作窝场，蟛蜞当操场"的芦苇荡，"抓把土能腌菜，舀碗水当盐汤"的盐碱地；2002 年开发建设以来，这里开始成为上海的新热土，有言"20世纪 90 年代看浦东新区，21 世纪看临港新城"。短短几年，临港开垦扩地，在一片滩涂上围起了一道 10 公里长的拦潮大堤，大堤下宽 85 米，上宽 9 米，加上钢筋混凝土翻浪墙，顶高达 10.47 米。过去临港是"潮来一片汪洋，潮去一片泥塘"，现在是"创业之城，创新之城，创造之城，智造之城，未来之城，希望之城"，神话传说变成了奇迹。

传说，东海一头巨大的蓝鲸在临港搁浅，临港人把它送回大海。蓝鲸留恋感恩，去了又回，深夜趁潮上岸，把堤坝咬开一个缺口，江水涌入，形成了现在风景秀丽的"滴水湖公园"。

现在临港已经建起了航空发动机及配套产业、汽车整车制造产业、大型船舶制造产业、发电和输变电设备产业、海洋工程设备制造产业、港口和物流机械产业等项目，在国家重点突破的 16 个装备制造业领域中涉及 8 项。

中国商飞总装制造中心祝桥基地项目按照"一次规划、分期实施"的原则，根据型号产品的发展分步实施建设。一期建设项目已建设了物流中心、复合材料等零件制造中心、部装厂房、总装厂房、整机喷漆中心以及试飞中心等。

上海浦东是高精尖科学人才的创业之城、创新之城，也是大型客机的智造之城，C919 的未来之城、希望之城！

中国大型客机项目、中航商用发动机项目落户上海，为临港产业区新一轮的发展提供了强大的驱动引擎，临港产业区将成为航空产业关键零部件的研发设计和制造基地，带动产业区内先进制造业实现新的飞跃和突破。

中国商飞公司一手抓飞机型号研发制造，一手抓基础建设。浦东张江高科技园区是中国硅谷、药谷、电子软件产业园区、国家尖端产业基地、国家生物医药科技产业园，它正在向世界级主科技园区发展。

中国商飞公司把大型客机研发基地这颗棋子毫不犹豫地放到张江，在上海市的大力支持协助下，仅用 100 多天就完成了村庄拆迁工作。如今，一个现代化国际一流花园式研发基地建成，3000 多名科研人员为 C919 日夜苦战，各种系统、试验设施设备就位，这又是一个奇迹。

上海飞机制造有限公司祝桥基地与大场基地共同构成了中国商飞总装制造中心，根据《中国商飞公司上海规划建设方案》，中国商飞总装制造中心与设计研发中心、客户服务中心共同构成了中国商飞公司重点打造的三大中心。

2009 年 11 月 18 日，上海市浦东新区政府与中国商飞总装制造中心正式签署合作框架协议，总装制造中心落户浦东祝桥。继中国商飞公司落户浦东、设计研发中心落户浦东张江后，中国商飞在浦东的民机战略布局初步完成。

从浦东国际机场东行，再沿着上飞路前行 900 米就到了 919 号，迎面是一栋连排建筑，一端有高耸的穿顶连接着另一端，两排共 6 栋办公楼，穿过笔直宽阔的大道是一个半圆形的环岛，环岛中央横卧一块花岗岩，上面刻着"让中国大飞机翱翔蓝天"，航空人对飞机事业朴实无华的坚定信念无时无刻不体现在细节处。这里的总装制造中心宽 1100 米，长 2400 米，位于浦东国际机场第四、第五跑道延长线之间，是国内最大的民用飞机总装制造中心。

过了环岛映入眼帘的是一座座庞大的平顶厂房，分别是物流中心、复合材料中心、工装设计与制造中心、数控加工中心、钣金加工车间，以及 C919 部装、总装、整机喷漆厂房，试飞调整机库等。C919 总装制造采用了当今国际先进的移动生产线装配模式。

我们先到部装厂房里参观了一下，正在进行部装阶段的 C919 大型客机分为机头、前机身、中机身（含中央翼）、机翼、后机身、垂尾、平尾、起落架等部段，由中国商飞公司总体设计，中航工业成飞〔中航工业成都飞机工业（集团）有限责任公司〕、西飞〔西安飞机工业（集团）有限责任公司〕、沈飞〔沈阳飞机工业（集团）有限公司〕、哈飞（哈尔滨飞机工业集团有限责任公司）分段制造完成后运抵这里，装配的程序是这样的：机头和前机身连接，机身整体成龙，安装机翼、垂尾、平尾等。飞机机身装配成形后，进行气密性试验。每一道工序、每一个环节都需要精细缜密的操作，不可有误。

总装厂房似乎比部装厂房小一些，长 305 米，宽 78 米，安装有移动生产线，可以完成包括系统件和成品件的安装、全机的通电通压测试、分系统测试、内饰安装等全部总装工作。

进行发动机吊装，机上众多分系统设备配置调试安装，如航电、飞控、电源、燃油、环控、起落架等。地坪下安装自动牵引装置，全自动的移动生产线方便员工严格按照既定程序依次完成每一次的组装。

中国商飞总装制造中心祝桥基地

移动生产线摈弃了传统的拖车牵引飞机形式，采用了高度集成的飞机移动系统，通过在地坪下安装导引装置的方式，使飞机能够沿着预定轨迹移动。

如今，中国商飞总装制造中心祝桥基地的美好蓝图已经展现在我们面前。2017年5月5日，C919大型客机在这里飞上蓝天。我们坚信：在实现中国"民机梦"的征程中，中国商飞总装制造中心祝桥基地这颗东海之滨的明珠，从C919大型客机开始，将改写中国民机产业的历史。

乘机从浦东机场起飞，当飞机爬升到平飞层，从舷窗俯瞰大地，一面是浩瀚的东海，另一面平原上耸立着庞大的以China首字母"C"为造型的核心建筑群，它正是"COMAC"中国商飞C919的诞生地。这个建筑群有两个寓意：一个象征是华夏神话中的鲲鹏。古有鲲鹏展翅而飞，今有C919腾云翱翔，C919是中国之翼。另一个象征是凤凰。凤凰自古以来就是中国具有吉祥含义的百鸟之王，预示祥瑞，带来美好，更是涅槃重生的标志。

此刻，我想到2010年上海世博会期间有句推介语：中国如有一份幸运，世界将添一片异彩。

这句话有生命力，不过时。天时，地利，人和，东海奔腾，政通路畅，奇迹就会一个接一个出现。改革开放，急流勇进，中国就会日益兴旺强盛，中国商飞公司就会"长风破浪会有时，直挂云帆济沧海"，C919也会"大鹏一日同风起，扶摇直上九万里"。

为什么中国大型客机的"根据地"是上海浦东？为什么C919能在上海飞起来？我总感到没说透，写C919大型客机，必先写上海浦东，如同一个人与他的出生地一样，血脉相承。中国共产党"一大"会址侧墙上有一行字：中国共产党从这里诞生，中国共产党人从这里出征，中国共产党历史从这里开始。

这就是上海，它是C919大型客机飞起的地方，也是具备开启中国大型客机里程碑意义的城市，必将永久载入史册！

第六章　横空出世

中国大飞机的命名非常重要，经过国内外诸多经验的反复论证，才确定为 C919，那么我们先初步了解一下波音公司、空中客车公司，再从中国传统文化谈 C919。

威廉·爱德华·波音是 20 世纪初期美国极富想象力与探索精神的木材大亨，他拥有一艘游艇，每当他驾驶航行时，都会产生一种速度带来的奇特快感，莱特兄弟成功发明了飞机的创举，令他钦佩的同时也很向往，他决心自己制造飞机，于是和挚友乔治·韦斯特·维尔特在西雅图一间船坞里造出了一架飞机，两人用各自名字的打头字母"B&W"为飞机命名。

1916 年 7 月 15 日，波音在韦斯特离开的情况下成立了自己的飞机公司，也就是波音公司。一百年来，波音公司首先迈进了喷气客机时代，成为世界航空界的翘楚，然而鲜有人知，早期波音飞机的命名并不是以数字"7"的形式开始的。第二次世界大战后，波音公司总裁威廉·艾伦开始以三位数字命名下属部门，例如 300 和 400 部门专注螺旋桨飞机研制，500 部门专注涡轮发动机研制，600 部门则专门研究火箭和导弹产品，而蓬勃发展的喷气运输机则分配到了 700 这个数字。

1954 年 7 月 15 日，波音公司第一架喷气客机 707 首飞成功。1958 年

10 月 26 日，泛美航空公司首个由波音 707 执飞的航班横跨大西洋，从纽约飞往巴黎，这是世界第一款在商业上取得成功的喷气式民航客机。波音 707 运营成本比当时的活塞式发动机的飞机低很多，这是它之所以成功的最主要原因。波音 707 是商业民航客机的典范，缩短了洲际旅行的时间，提高了旅客在旅行途中的舒适程度，给美国民用航空带来一次革命性的变化，波音 707 的成功也使波音公司迅速崛起，成为极具影响力的世界性飞机制造商。那为什么不叫波音 700 呢？据说波音公司之所以命名波音 707，是因为在最初研究的时候机翼弦值是 0.707，这架新型喷气式客机在美国联邦航空总局登记时，按照惯例要经过检验，检验合格证书上的号码就是 "70700"。

在美国 "7" 是幸运数字，所以波音公司就选定了 "707" 作为首架喷气客机的代号，以后陆续有了 727、737、747、757、767、777、787 这样的次序来命名波音研制出的机型。

据悉，2018 年波音公司将开始 797 的研发，目前波音 797 的概念还只是存在于图纸上，不过，波音公司营销副总裁兰迪·廷塞斯先生表示，这款下一代新飞机的项目最早可能在 2025 年实现商业首航，座位为 1000 人，环球不间断飞行。

"联合就是力量"，20 世纪 60 年代，欧洲四国（法国、英国、德国、西班牙）开始联合筹划大型客机的研发，空中客车公司成立后，坚持高起点、高品质、高标准，一切必须 "最好"，不可以 "一般"，包括办公大楼看上去必须是宏伟壮观的，要在这样的背景下进行大型客机的研发制造。飞机内部零部件制造的技术标准精致而严谨，其技术堪比瑞士腕表的苛刻要求，这就是空中客车 A320 系列飞机。

为什么空客制造的飞机以 "3" 开头呢？因为空客的第一个机型是 300，当时的设计载客能力是 300 人，这是世界上第一款双发宽体客机。后来空客在 300 的基础上又开发了 310，此后形成了惯例，空客所有的飞机均以"3"开头命名，如319、320、321、330、340、380、350。其中空客380为了突出其产品的跨越性，没有按顺序编排。

空中客车公司研制的A320，是第一款使用数字电传操纵飞行控制系统的商用飞机，也是第一款放宽静稳定度设计的民航客机，旨在满足航空公司低成本运营中短程航线的需求，成功奠定了空中客车公司在民航客机市场中的地位，打破了美国垄断客机市场的局面。

我国的大型客机命名为C919，借鉴了上述西方的命名经验，同时又有

C919 大型客机尾翼

中国出生地冠名意味，"C"是China的首字母，也是中国商飞公司的英文简称COMAC的首字母，代表了它的诞生地。第一个数字"9"寓意是九九极盛，天长地久。"9"作为中国文化中极阳的数字，亦象征"龙"的图腾。"9"也是九霄云外、一言九鼎等吉祥用语的盛赞之数。因此用"9"作为中国首款大型客机的代号首位数字，充分展示了我国对研制此款客机的决心和信心，以及对它的完美期盼。"19"代表C919设计时的最大载客量约为190人。C919不仅是一款飞机的型号，也是对航空人精神图腾的最佳诠释。

它诞生之初，就已肩负着创立国际一流现代化航空企业，在国际航空业大型客机市场的竞争中崛起并为之奋斗终生的神圣使命。

我国是航空市场大国，据国航、南航、东航三大骨干航空公司连同20多家地方航空公司的不完全统计，目前，大型客机保有量为2996架，清一色的波音、空客飞机，C919批量投入生产并商业化运营，将彻底改变国际航空业一直被波音、空客垄断的局面，迎来三足鼎立的盛况。届时，C919代表中国，屹立在国际大型客机商业制造的前列。外媒也认为这款飞机有望打破波音、空客两强争霸格局。

C919大型客机是建设创新型国家和制造强国的标志性工程，是改革开放的标志性工程，具有完全自主知识产权，当然相当一部分的零件是利用全球生产分工合作（减少成本）。其基本型混合级布局155座，全经济舱布局168座，标准航程4075公里，最大航程5555公里。

在使用材料上，C919采用大量的先进复合材料、先进铝锂合金等，其中复合材料使用量达到12%，通过飞机内部结构的细节设计，飞机重量得以下降。另外，C919使用了占全机结构重量20%—30%的国产铝合金、钛合金及钢等材料，充分体现了C919大型客机带动国内基础工业的能力。

减排方面，C919是一款绿色排放、满足环保要求的先进飞机，通过环保的设计理念，飞机碳排放量较同类飞机降低50%。

舒适性是 C919 机舱设计的首要目标，机舱座位布局采用单通道，两边各三座，其中中间的座位空间将加宽，有效地缓解以往坐中间座位乘客的拥挤感。C919 采用先进的环控、照明设计，给旅客提供更大的观察窗、更好的客舱空间、更好的舒适感。

C919 采用四面式风挡。该项技术是国际上先进的工艺技术，目前干线客机中只有最新的波音 787 采用，它的风挡面积大，视野开阔，由于开口相对少，简化了机身加工，减少了飞机头部气动阻力。但是工艺难度相对较大，机头需要重新吹风，优化风挡位置和安装角，由于风挡玻璃面积相对较大，制造工艺复杂，所以成本较高。该设计对机头受力和风挡间承力支柱强度提出了高要求，属于国际上比较先进的设计。

大型客机 C919 成功首飞后，美国波音公司民用飞机集团总裁兼首席执行官凯文·麦卡利斯特给中国商飞公司发来了祝贺信："我谨代表波音公司的全体同人，向 COMAC 的朋友们表示由衷的热烈祝贺！C919 是中国商飞历史上乃至中国航空工业发展史上重大的里程碑，为此卓越的成就再次庆贺！"

欧洲空客公司也送来了热情而真挚的祝福，祝贺 C919 首飞成功，并表示："欢迎竞争，竞争使彼此更强大！"美国通用公司董事长兼首席执行官伊曼尔特在演讲时说："继空客之后 40 年，世界上再没有哪个国家研制大型客机。如今中国商飞奇迹般出现，C919 成功首飞，我们要对这样的企业保持尊重。"

世界商用飞机巨头的态度令人欣喜，更发人深省。确实，良性的竞争不仅让波音、空客制造出了先进的产品，也会让我们的 C919 不断完善。

C919 从正式立项到首飞，用了 9 年的时间，是我国首款按照最新国际适航标准研制的干线民用飞机，建成了总装移动生产、中央翼、中机身、水平尾翼、全机对接等 5 条国际先进生产线，攻克了 100 多项核心关键技术，掌握了民机产业 5 大类、20 个专业、6000 多项民用飞机技术。

大型客机的研制是一个系统工程，不仅要有研制能力、集成能力、总装能力、客服水平、试飞能力，还要有产业带动能力。一款民机产品是否成功，不仅取决于技术上能否有所突破，更体现在商业应用上，其标准在于飞机的安全性、经济性、环保性和舒适性能否得到市场的认可。

民机和军机不一样，军机需要高科技、大投入、短周期，民机虽然也需要高科技，但要有成本控制的意识，尽可能缩短周期，来满足市场变化的需要。

C919 大型客机在创新发展方面做出了突破，经过 9 年研制，走出了"产业化、市场化、客户化、国际化"的发展方向，"自主研制、国际合作、国际标准"的技术路线，"中国设计、系统集成、全球招标、逐步提升国产化"的发展原则和"主制造商—供应商"的运作模式。C919 在设计之初就瞄准了市场需求，为其走向国际市场奠定了坚实的基础。

第七章　C919 知多少

C919 大型客机是一座科学的宫殿，是一座知识的宝库。

C919 知多少？先说说它的历程吧。从诞生到首飞，走过 9 年时光，这 9 年是艰难的，是向着希望奔跑，是不改初心，一以贯之，砥砺前行。

2006 年 1 月，大型飞机项目被列为国家中长期科技规划的 16 个重大专项之一。

2007 年 2 月 26 日，在国务院第 170 次常务会议上，原则通过了《大型飞机方案论证报告》，原则批准大型飞机研制重大科技专项正式立项。

2008 年 5 月 11 日，中国商用飞机有限责任公司在上海成立；5 月 12 日，时任国务院总理温家宝在《人民日报》发表署名文章《让中国的大飞机翱翔蓝天》。

2009 年 1 月 6 日，中国商飞公司正式发布，中国首架单通道常规布局 150 座大型客机，代号"COMAC919"，简称 C919。

2010 年 12 月 24 日，中国民航局正式受理 C919 大型客机型号合格证申请。

2014 年 9 月 19 日 9 点 19 分，C919 大型客机在中国商飞总装制造中心开始机体对接。

2015 年 4 月 18 日，舱门运抵上海祝桥总装制造中心；6 月，C919 进入攻坚阶段，陆续进行风洞、铁鸟、航电综合、电源系统和静力载荷等试验。同年 11 月 2 日 C919 大型客机首架机总装下线。

2017 年 5 月 5 日首飞成功！

C919 大型客机初步总体技术方案，按照安全、可靠、经济、环保的基本要求，对飞机市场定位、总体设计要求、总体气动设计、结构强度设计、发动机和机载系统选型，对拟采用的新技术、新工艺、新材料以及风险管理措施等进行梳理，确定需要技术攻关的具体内容，比如超临界机翼设计、机头和驾驶舱设计、复合材料的机翼设计、电传操纵与主动控制技术的应用研究、模拟座舱操作程序的开发验证、喷丸成型及自动钻铆和构型管理技术等百余项关键技术。完成了《大型客机项目可行性研究报告》，

2015 年 9 月 27 日，C919 首架机发动机完成安装

2015 年 11 月 2 日，C919 大型客机首架机总装下线

绘制了 C919 大型客机的宏伟蓝图，并确定了"五个性能"的核心目标，"五个性能"是：确保安全性、突出经济性、提高可靠性、改善舒适性、强调环保性。C919 采用了先进气动布局、结构材料和机载系统，设计性能比同类现役机型减阻 5%，外场噪声比国际民用航空组织第四阶段要求低 10 分贝以上，二氧化碳排放低 12%—15%，氮氧化物排放比相关规定的排放水平低 50% 以上，直接营运成本降低 10%。

尽管 C919 飞机发动机和航空电子系统等核心设备从国外进口，但 C919 大型客机仍然具有完全自主知识产权。航电、飞控系统等复杂的大型系统是拆成子系统由外国公司做，而系统的集成是中国商飞自己做，系统集成本身就是集成创新。

自主知识产权是由产品的创意所有权、构架的控制权、供应商选择和工作分工权以及交付的唯一权构成的。

C919 飞机设计集成、总装制造、市场营销、客户服务和适航取证等任务都由中国商飞公司承担，零部件供应则采取全球招标的形式，通用、联合技术公司、霍尼韦尔公司等一批欧美顶级航空制造企业以及中航工业旗下很多专业制造公司，都是飞机零部件的重要供应商。而国际多家设备供应商还与国内企业组建了 16 家合资企业，涵盖航电、飞控、电源、燃油和起落架等机载系统，借此带动国内相关产业的成长。

飞机的航电系统是支持飞机完成各项任务使命的所有电子设备的总和，被喻为"神经中枢"，是飞机数字信息化的核心，犹如人的大脑，可想而知，航电系统在飞机研制中的重要地位和作用，它直接影响和决定飞机的整体性能和飞行效果。

我们奋力追赶国际航空的飞机适航标准，期待在半个世纪内与波音公司和空中客车公司比肩并在市场上发挥大型客机的商业价值。

C919 大型客机的航电系统根据功能及角色可划分为如下板块：

人机接口：它包括显示与控制系统、通信系统。显示系统在飞行员与飞机系统之间提供视觉接口，现代飞机上也安装卫星通信系统，提供可靠的全球通信。显示系统也是与航电系统最基本的接口系统，表现形式从基本控制按钮、键盘到鼠标，现代飞机操作越来越接近操作个人计算机。

飞机状态感知：它由大气数据系统及惯性传感器系统组成。大气数据系统提供大气数据的准确信息，如高度、校正空速、垂直速度、真空速、马赫数等。大气数据计算机由传感器测量的静压、总压及外部空气温度计算得出前述数据量值。

导航：它提供飞机准确导航信息，如飞机位置、低速、航向角等。主要分为航迹推算系统及定位系统，航迹推算系统的主要类型包括惯性导航系统、多普勒参照系统、大气数据参照系统。

外界感知：它主要包括雷达及红外传感器。此系统能作用于所有天气及夜视条件操作，从而改变飞机的操作性能。雷达系统主要提供天气报警服务，探测飞机行进前方雨滴并提供暴风雨、云层气流扰动及严重冰雹预警，以保证飞机能及时调整航线，从而避开极端天气。

发动机控制及管理系统：该系统承担发动机控制、发动机效能管理及监测任务。

发动机航电系统为发动机健康监测系统。后台管理系统承担所有安全及有效操作的后台任务，如燃油管理、电源管理、液压管理、座舱/客舱压力系统、环控系统、告警系统、维护及监控系统等。

C919大型客机从"壳"到"芯"、从零件到部段，都有国内供应商的参与。C919首架机机头、前机身、中机身、中央外翼、中后机身等大部段由中航工业成飞民机、洪都航空、西飞和沈飞民机等国内航空工业企业制造，推进了国资、民资和外资在民机产业链上融合发展，提升了西子航空等民营公司的科技水平和民机配套能力，显著提升了国内航空工业的工艺水平、制造能力。在大型客机项目的引领带动下，西安、成都、沈阳、南昌等民用航空产业园或航空城建成，上海航空产业园粗具规模。

C919飞机气动布局采用民用商业客机主流的常规式布局形式，后掠式超临界下单翼、常规式尾翼、两台翼吊高涵道比涡扇发动机、前三点式可收放起落架。采用放宽静稳定性、超临界机翼、翼身/大涵道比大尺寸发动机一体化设计、4块大尺寸双曲风挡机头、新型鲨鱼鳍翼梢小翼和蜂腰型尾段一体化设计。机头采用现代流线型机头形式，配合驾驶舱4块风挡，降低了机头表面的流速，避免了机头激波的产生，提高了飞行员的操纵舒适性，同时有效地降低了飞机的阻力，扩大了飞行员视界范围，保证了外形的光滑过渡，提高了机型的外观辨识度。机身采用三圆弧切线融合式机身截面，保证了机身截面的光顺性，增加了内部空间，有效提升了客舱舒适性。机翼采用超临界翼型，显著提高了高速气动特性，以获得优越的经济性。采用新型融合式鲨鱼鳍翼梢小翼，可以有效地抑制机翼翼尖涡及下洗效应，降低了飞机阻力，提高了燃油经济性。同时，对翼身鼓包、机身尾部、尾喷口等进行精细的气动优化设计，保证飞机具有高的气动效率。驾驶舱设计采用多功能电子显示系统、设备功能模块化、人—机—环境高效综合等先进的驾驶舱设计思想和以"人"为中心的设计理念，符合人机工效设计原则。双人机组体制，配备一名观察员，侧杆操纵，配置 5 块大屏幕显示器，综合显示航姿、导航、发动机和分系统指示、检查单等各项信息。左右侧操纵台各布置一块电子飞行包，布局简洁，信息显示高效；驾驶员前方布置了平视显示指引系统，显示飞行数据信息，以及自动驾驶系统中的飞行指引符号，为驾驶员提供了安全可靠、良好的操作环境。客舱宽敞、舒适，配备以人为本的个人娱乐及通信设施。客舱主照明装配情景光照明功能，通过改变主照明光线的颜色和亮度实现不同情景模式的照

2014 年 9 月 17 日，C919 大型客机首架机中后机身大部段运抵浦东基地

明效果，营造客舱的视觉舒适环境氛围，最大限度缓解乘客的乘坐疲劳感。采用斜拉式顶部行李箱，在保证行李箱容积不小于同类竞争机型的前提下，特殊的单曲圆弧造型设计给乘客提供了更大的顶部和前方视觉空间，从而带来更大的空间享受。

发动机是 CFM（通用电气公司和斯奈克玛公司组成的联合公司，主营发动机研制和销售）生产的新一代 LEAP 发动机，具有油耗低、二氧化碳及氮氧化物排放量更少的优点。起落架的轮胎没有内胎，机轮刹车为碳素多盘式，重量轻，刹车效能好。

C919 首飞前要进行哪些试验？

要在试验室进行系统集成试验。目的是发现系统集成时可能出现的故障，终极目标是尽可能地把问题留在地面，减少成本，降低风险。

机上功能地面试验。这是总装过程中一项重要的生产试验，用于验证飞机各个系统在总装后系统功能是否具备，基本操作能否实现，就像新买一台电视机，要进行各种调试一样，还要开展全机地面共振、电磁兼容、高温度辐射场等机上功能地面试验。

静力试验和疲劳试验。飞机的静力试验，被形象地称为飞机的"体能测试"，飞机的结构是否坚固，设计指标是否满足，通过静力试验可以测得，对确保飞机的安全性有着重要意义。飞机长期服役时，机体结构上可能会出现细小的裂纹，进而扩展至大的损伤危及飞行安全，所以除静力试验外，飞机还需进行疲劳试验。疲劳试验考虑实际使用中所遇到的各种情况，按概率模拟从地面滑行、起飞、爬升、巡航到下降、着陆全过程中全机的受力状态，组成"地—空—地"循环，验证飞机的疲劳和损伤特征，进而采取控制和预防措施，保障飞机的安全性。

限制载荷静力试验。它用以表明飞机结构强度在限制之内，能够承受限制载荷而无有害的永久变形。限制载荷静力试验是重要的地面试验，通过约束装置和载荷加载系统，模拟飞机运行中所受的惯性力、空气动力、发动机推力、地面起落架反作用力等载荷和其他环境条件，验证飞机结构能否依然满足结构完整性要求和功能要求。

飞机经过静力试验和疲劳试验，取得有效数据，对安全性至关重要，也是适航符合性验证的必要的步骤之一。

滑行试验是飞机首飞前最后一场试验，分低速、中速和高速滑行。低速滑行，飞机速度在 55 公里/小时以内，中速滑行为 55—170 公里/小时，高速滑行超过 170 公里/小时。滑行试验主要验证飞机在滑行振动状态下，机体结构是否牢固，各系统工作是否正常，刹车效果是否满足要求，包括飞机停机刹车功能、防滑功能以及紧急刹车功能。还要试验飞机滑行的运动特性，如转弯能力、精确保持直线滑行能力和曲线滑行的修正能力等。在高速滑行时，还要检查飞机的抬前轮（俗称高抬腿）操纵能力，包括飞机保持平衡的能力等。

首飞前 3 个月，贺东风同志带领团队的负责人坚守一线，有问题随时研究解决，不解决不回家，每天的进度总结会经常开到深夜，甚至通宵达旦。中国商飞人正是以这样的精神，忘我工作，用创新的管理方式，进行着卓有成效的劳动，用理想、情怀和实干精神托起了 C919 大型客机。

第八章　Made in China （中国制造）

Made in China 和 Assembled in China（中国组装），这两个短语我们都不陌生，但两者有本质的区别，前者"中国制造"有自主知识产权，后者"中国组装"没有自主知识产权，如许多汽车品牌，只能注明一汽大众、广州本田、东风日产。我国现在是世界第一汽车生产大国，却少有自己的知名品牌。飞机则大不一样了，在未来中国大型客机家族中，C919 是新中国大型客机的长子。

C919 大型客机首飞之后，举国欢腾，但也有人质疑："心脏"——发动机是国外的，许多重要系统也是国外的，那不是组装吗？更有声音说，只是造了一个"空壳子"。事实真是如此吗？经过深入采访，耳闻目睹，我对这个问题有了深刻认知，C919 大型客机是中国制造，拥有无可争议的自主知识产权。

中国商飞公司在成立之初就明确走"中国设计，系统集成，全球招商，逐步实现国产化"的发展道路，坚持"自主研制，国际合作，国际标准"的技术路径，举全国之力，聚全球之智，集国内外资源打造中国大飞机品牌。

从总体设计、气动布局、系统集成到总装制造都是自主完成，从机头、机身、机翼到发动机吊挂、水平尾翼也是自主完成。其间突破关键技术难关 102 项，如发动机一体化设计、电传飞控系统、控制律设计、主控制技术、气动布局、超临界机翼、新材料、机载设备等。特别是超临界机翼，是当今世界上最先进的，比传统机翼可减少空气阻力 5%，大大降低了油耗，提升了经济性。

　　C919 大型客机是高科技密集的产品，总体设计极其重要，只有掌握了顶层总体设计能力和集成能力，才算拥有自主知识产权，C919 大型客机做到了。反之，没有这个能力，即便把世界上最好的发动机、飞控系统、电传系统组装在一起，也得不到能飞的飞机。

　　波音飞机集团副总裁卡罗琳·科维先生说过一句十分切合实际的话："如果买来零部件就能轻而易举地组装飞机，世界上就不止波音、空客两

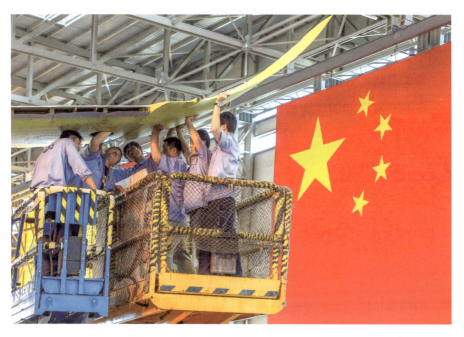

C919 大型客机总装现场

C919 大型客机总装现场

大飞机制造商了。"

美国霍尼韦尔公司副总裁兼中国区总经理罗文中先生说:"大型飞机有 350 万个零部件,集成为几十万个模块,能够无缝对接,完美表现飞机性能,这本身就是能力。"

C919 造"机壳"也是拥有自主知识产权的核心技术,形成了以上海为基地,全国 22 个省市、242 家企业、36 所高校、22 万产业大军的生产链,由 16 家材料供应商、54 家标准件供应商共同完成。

系统集成是自主知识产权,把几百万个接口与发动机、航电、飞控、液压等系统联系起来,是一个国家的工业水平和制造能力的表现,不是简单买来零部件就可以完成的,而是从提出"需求"开始设计,层层分解,再选择供应商,进行系统集成,每一个细节、每一个相关系统都是自主完成。

C919 大型客机采用了"主制造商—供应商"模式，并深入创新，形成了以中国商飞为主体、市场为导向、产学研相结合的中国式民机研发体系；实现了以上海为基地，中国商飞为核心，辐射全国、面向全球的中国民机产业布局。就这种模式本身而言，是国际通行做法，波音、空客公司也不是生产全部零部件，而是采取转包生产、全球采购方式。

空客公司有 1500 多家供应商，分布在全球 27 个国家，30% 零部件在美国制造。波音公司 60% 以上零部件转包给其他供应商，35% 在日本制造，西雅图总装厂有专用黄色通道，运送国外零部件的车辆来来往往川流不息，中国早在 20 世纪 80 年代就参加了波音公司的转包生产，参与了 8000 多架飞机的零部件制造。

中国商飞公司在选择国外供应商方面，有一定的原则标准，C919 项目部领导在接受我的采访时介绍："选择供应商，第一是看对方的技术，第二是价格，第三是合作态度。第三点很重要，即愿意和国内企业一起'玩儿'，合资合作，带动国内供应商成长。比如有的供应商虽然不是世界上最好的，但是愿意与国内企业合作，所以就选择了这样的供应商。"

自主知识产权就像设计装修房子，虽然建筑材料可以在市场上买，但要按设计师的思路施工，完成后是设计的结果。项目联合设计概念是关键，C919 大型客机主要部分，如机身、机翼、尾翼、发动机、起落架的布局、座位、航程、电源、航电系统等都是自己设计，供应商照此去完成。

系统联合设计，首先要向供应商表述"需求"，自己进行气动结构强度和系统的初步设计，通过仿真计算分析、制作模型、风洞试验、结构湿度试验，逐步确定气动外形结构。

中国现代制造业标志性产品如大飞机、高铁装备、现代船舶、核电装备、特高压输变电装备等，大飞机排在首位。大飞机为中国民机产业带来关键技术的重大突破，"主制造商—供应商"的运行模式十分成功，世界上飞机制造领域的跨国巨头，与中国企业成立了合资企业，对航电、飞控、电源、燃油和起落架等的国产化起到重要作用，如博云新材料就与霍尼韦尔合资成立公司为 C919 提供机轮和刹车系统，中国商飞公司与国外供应商成立的赛飞电缆和伊顿管路都成了 C919 的供应商。C919 大型客机带动长三角建立航空产业链，在上海浦东、杭州、镇江、常州、嘉兴、合肥等地建立了航空产业园，为大飞机提供产品和服务，未来可达到万亿数量级的市场规模。承担零部件制造的中航企业如中航飞机（中航飞机股份有限公司）、洪都航空（洪都航空工业集团），飞机维修企业海特高新（四川海特高新技术股份有限公司），研制航空发动机和燃气轮机部件的成发科技（四川成发航空科技股份有限公司），都"借机高飞"，利用 C919 大型客机项目平台，不断进步发展。

浙江西子航空公司是 C919 机体供应商中唯一的民营企业，也是波音、空客、庞巴迪宇航、中国商飞、中航工业五大国际航空企业的供应商，为 C919 大型客机提供应急发电机舱门和辅助动力装置舱门。通过中国大飞机产业平台，该公司获得了进入国际航空市场的入场券，从一个生产锅炉、电梯的企业一跃成为航空高端制造企业，这可以说是一个奇迹。在这个过程中他们付出了代价，做出了贡献。C919 大型客机的零部件技术含量高，适航审查严格，对于企业升级意义重大。浙江西子航空公司的案例为国内制造业树立了标杆，有一定创新引领作用，也是 C919 大型客机带动相关领域发展的典范。

海鹰特种材料公司（航天海鹰特种材料有限公司）是 C919 大机件结构供应商之一，为适应适航标准，该公司按国际标准建厂房，从德国、法国进口国际一流的设施设备，从 C919 铁鸟试验件做起，交出了完美答卷。对接后机身时，时间紧迫，只有 3 个月，且复合材料比例大，任务艰巨、难度大，他们集中力量攻关，啃下了这块硬骨头，产品及时通过了适航验证。

目前浦东已形成了集设计、制造配套为一体的产业链，预计 15 年后，将形成产值规模在 1500 亿元以上、财政贡献达 100 亿元以上的民用航空产业集群，成为亚洲最大、跻身世界前三的民用航空产业基地。

通过研制 C919，我们掌握了民机产业 5 大类、20 个专业、6000 多项民机技术，带动了新技术、新材料、新工艺群体性突破，带动了整个工业产业链发展和进步。

体现自主创新，首先要求总体设计方案自主设计，气动设计自己完成，自行组织计算机模拟和风洞试验，从结构强度试验到制造总装全部自主完成。

研制过程中，各科研单位开展了结构强度静力试验、复合材料应用、机轮刹车、轨道辨识技术、电源系统测试和数据处理、超临界机翼设计等 1000 多个课题研究和技术攻关，还带动了高校飞行设计、空气动力学、飞行结构强度等一批专业学科建设和发展，取得了重大技术突破。

C919 气动外形设计和总体布局是核心知识产权，是经过成千上万次气动吹风吹出来的。超临界翼型，气动效率最高，经反复试验、比对，比世界同类飞机更安全、经济、环保、舒适，同升力下阻力较小，这些都是核心技术。

大飞机项目不单纯是研制一款飞机型号，而是要搭建一个平台，把整个民机产业搞起来。如超临界机翼设计，设计了 2000 多副机翼、150 副小翼及 400 多副带吊挂发动机短舱的一体化机翼，通过大量试验，不断改进，最后优选形成一体化的先进设计方案，到国外不同的风洞单位进行测试，机翼的升阻比、巡航特性、失速特性、噪声水平等均优于竞争机型。

为何不装国产发动机？虽然我国目前正在快马加鞭研制民用航空发动机，但尚未有能够适航的产品，而波音、空客公司的发动机也来自世界顶级发动机制造商，如英国罗·罗，美国通用和普拉特·惠特尼，法国的斯奈克玛以及美法合作的 CFM 和多国合作的 IAE。C919 选择的 CFM 公司生产的 LEAP-C 发动机具有油耗低、二氧化碳及氮氧化物排放量少、经济性和环保性高的优点。

先有大飞机这个平台，才能带动国产发动机的发展，国家已成立了归属航空发动机集团的商用发动机公司。

中国航空发动机集团公司副总经理罗荣怀在接受我的采访时说，集团正紧锣密鼓加快发动机的研制规划和总体布局，根据 C919 大型客机的需求，研制最新技术的航空发动机。这位中航工业的儒将，在中国飞机制造生产一线研制了多款军机、民机，是 ARJ21-700 项目的总指挥。

C919 发动机虽然选用了 CFM 公司产品，但吊挂结构形式却是自主创新，一体式吊挂，集成了发动机短舱和吊挂，以实现减小迎风阻力，降低飞机油耗的目的。如以前反推结构是通过铰链挂在吊挂上，而 C919 的反推结构则采用了新的方式，通过滑轨与吊挂进行集成。航电系统采取了集成模块架构。通过自主设计系统软件实现系统的变更、升级。复杂的大型系统没有整套购入，因为成本高，而是分解成若干子系统，由供应商按照商飞公司的技术要求完成，然后由商飞进行系统集成。虽然难度大，但是提升了能力，积累了经验，形成了自主知识产权。

长远目标一定要研制出自己的商用航空发动机，现在起步，国家投资了 60 亿元成立的中国航空发动机集团，是由国务院、北京市人民政府、中国航空工业集团公司、中国商用飞机有限责任公司共同出资组建的国有控股集团公司。注册资本人民币 500 亿元，将集中致力于发动机设计、制造、试验、相关材料研制等，建立包括军用和民用的中国航空动力研制和生产的完整产业链，以提升我国航空发动机整体水平。

C919 大型客机也预留了装配国产发动机的计划，目前，遵循国际上约定俗成的规则，选用最先进、最合适的世界知名品牌。了解了这个背景后，就不会被什么"C919 只是中国造的外壳飞机""没有自己的发动机，还说什么中国制造"等偏见所困扰。了解了主制造商有权给一架飞机命名，进行自主设计，自主选择顶级供应商提供最先进的发动机等设备系统，进行成功的集成就是拥有自主知识产权，我们可以挺直腰杆说：C919大型客机是中国制造，而不是中国组装。

航空发动机被喻为飞机的"心脏"，集材料学、热力学、精密加工等多种学科于一体。每台发动机的零件数以万计。所以，世界上成熟的飞机制造商都是采用"主制造商—供应商"模式，选用顶级专业公司制造的发动机。

大型客机发动机结构十分复杂，主要由叶片进气道、压气机、燃烧室、涡轮、尾喷系统构成，加工制造的精度要求非常高，特别是发动机的叶片，材料的耐高温要求极高，目前只有欧美少数几家公司能够制造。发动机启动后，叶片开始高速旋转，如果在空中遭鸟撞击，或在地面吸入硬币等金属物，就会导致发动机叶片破裂，叶片碎片会以极高速甩出击破发动机整流罩、机翼和机体，轻则导致发动机停车，重则导致发动机爆炸，机毁人亡。

飞机的航电系统也非常复杂，是飞机数字化信息化的核心。航电系统像人的头部，它有飞机的眼睛、耳朵、嘴巴和大脑，航电系统的重要地位和作用可想而知，它直接影响和决定了飞机的整体性能和飞行效果。没有高配置、高性能、高水平的先进航电系统，大飞机就无从谈起。飞机的航电系统是飞机上所有电子系统的总和，主要包括飞行管理系统、导航系统、通信系统、综合显示系统、告警系统、防撞系统、雷达系统以及机载信息和飞行记录系统（俗称"黑匣子"）等。C919选用的航电系统既有国际一流的GE、霍尼韦尔和柯林斯公司的产品，也有国内自主研发的航电系统产品，中国商飞公司负责总体设计开发并克服重重困难完成集成验证，理所当然拥有自主知识产权。

随着网络技术软件开发和微电子技术的发展，航电系统也快速更新演变，日益智能化、网络化。

C919 采用了比波音 737 更为先进的全时全权限电传操纵系统和先进的主动控制技术，自动化程度大大提高，同时也提升了飞机的安全水平。这种技术是高综合、高安全、高复杂度的，其中多项属于民机研制的核心技术，中国商飞公司自行研发了飞行控制律。供应商受制于美国法律不能提供这项技术，只能由中国商飞公司自主研发，研发过程中，供应商只负责将中国商飞公司设计好的需求进行代码实现。

C919 另一个值得称道的就是机翼末端的小翼。尽管目前几乎所有客机均采用了翼梢小翼布局，但 C919 的翼梢小翼却展现出了完全不同的先进设计，即翼梢小翼与主翼的融合设计，也称"鲨鱼鳍翼梢小翼"，比无小翼机翼减阻 2%，C919 大型客机在机翼整体设计上基本达到了波音、空客最新机型的水平。

复合材料技术突破是个亮点，C919 大型客机总装制造中心前身是上海飞机制造厂，成立 60 多年，从未应用复合材料，中国商飞公司通过 C919 把总装制造中心应用复合材料的能力建立起来了。总装制造中心选了具有一定经验的水平尾翼结构，直接走数字化自动化加工智能道路，制造过程全自动化——自动铺带、热隔膜成型、自动钻孔、自动铆接等，用西班牙和德国最先进的技术和设备引领创新。C919 使用在机身后段以及平尾尾翼等承力机构部分的复合材料，代表了中国在复合材料领域应用水平的突破与发展。

铝锂合金抗疲劳性能好，为了减轻飞机重量，C919 机体结构大量使用了铝锂合金等新材料，但带来的问题是加工难度高。为解决零件加工问题，洪都飞机公司引进了世界上第二台蒙皮镜像铣设备（西班牙制造，全球只有两台，一台在空客公司，一台在洪都公司），用于加工 C919 大型客机铝锂蒙皮。加工过程、加工工艺，新材料、新技术，新工艺标准、规范，验证不断成熟，从结构造型开始，一系列验证试验，做了许多试验件，不断摸索，取得数据，这个过程是十分煎熬人的，最后才能确定设计

　　逐梦蓝天：C919 大型客机纪事

构型。

C919 大型客机增加了复合材料的使用范围，实现了机体结构的整体化、轻量化，用量达到机体结构重量的 11.5%，在主承力结构、高温区、增压区使用，这是国内首次应用；在机身蒙皮、长桁、地板梁结构应用了第三代铝锂合金。建立了铝锂合金的材料规范体系、设计需用值体系和制造工艺体系。铝锂合金的强度和刚度比传统的铝合金更高，损伤容限性能、抗疲劳抗辐射性能更强。

在中央翼缘条、发动机吊挂、球面框缘条、襟缝翼滑轨、垂尾对接接头等部位应用了钛合金。C919 飞机机体结构先进材料使用达到了总量的 26.2%。

驾驶舱仅有 4 块曲面整体风挡玻璃，而传统的是 6 块：正面两块、侧面 4 块。现在机头设计更具流线型，能减少阻力、省油。飞行视角更开阔，5 块 LED（发光二极管）显示屏显示导航系统、航姿等信息，一触可及的操纵，方便两人同时操作不冲突，综合航电技术先进，能最大限度减轻飞行员负担，提高飞机导航性能，十分先进。

在 C919 之前，仅有美国的波音 787 客机采用了类似设计，相比之下，欧洲目前最新的 A350 客机采用的则是 6 块风挡设计。

对于飞行员而言，风挡的数量越少视野越好，此前国外曾出现过风挡立柱遮挡视线险些酿成空难的情况。不仅如此，C919 的风挡采用了与机头外形一致的曲面，飞机阻力小，这对于目前为拓展航程、增强飞行经济性而在飞行阻力上精打细算的 C919 大型客机而言，无疑相当重要。

风挡数量越少，设计越复杂，需要在材料、结构形式、工艺等多方面进行改进提升。美军 F-16 战机的无撑整体座舱盖的材料强度就比同时代的 F-15 有撑座舱盖的材料强度高 2 倍。而在 C919 客机上，其 4 块风挡在设计上无疑比传统风挡更复杂。不仅如此，C919 的 4 块风挡为承载式风挡，风挡的承载设计提升了飞机结构的承载效率，降低了整机重量。以波

C919 机身成龙

音 787 客机为例，其承载式风挡结构就比波音 777 的非承载式风挡减重近 200 千克，该重量相当于可多搭载 3 名乘客。C919 的 4 块风挡也绝不是对波音 787 的简单复制，研发人员为装备 4 块承载式风挡对机头进行了重新吹风，并优化了风挡位置与安装角度，这一切，C919 大型客机走在了前面。

　　一个国家的航空工业是国家实力的体现，也是凸显科技水平的表征，通过成功研制大飞机，对发展航空事业、促进经济增长、方便人民生活具有举足轻重的作用。

第九章　海岛之子领军人

金壮龙，正如他的名字一样，雄壮龙之翼。

就在我创作这本书的时候，中国商飞的朋友发来微信：金壮龙董事长于6月中旬调至中央军民融合发展委员会办公室工作。中央军民融合发展委员会是中央层面军民融合发展重大问题的决策和议事协调机构，统一领导军民融合深度发展。

金壮龙同志离开工作9年的中国商飞，到中央部门工作去了，大飞机人恋恋不舍。凡与他工作上接触过的人都为他的高超领导水平、平易近人的工作作风和亲切乐观的人格魅力所感染。C919大型客机的成功首飞与他9年的日夜操劳密不可分，写C919大型客机必写原中国商飞掌门人金壮龙，写金壮龙一定要从他的少年时代写起。

中国有句俗语：三岁看大，七岁看老。一个人的成长与他的出身家境关系非常大，金壮龙出生在浙江舟山临城祖祖辈辈都是农民的家庭，他小的时候就特别懂事，七八岁时，放学后就帮父母劈柴、干杂活儿。

金壮龙同志的父亲是一位老党员，母亲是一位纯朴的农家妇女，虽然没上过学，不识字，但是，他们对孩子的教育十分严格。他的家庭有优良的家风，在当地有良好的口碑。父母言传身教，要求孩子忠诚、善良、勤学、热爱劳动。每逢寒暑假，金壮龙都要下农田劳动，在烈日下插秧，帮助大人干活儿，或到采石场碎石子，挣点微薄收入贴补家用。正是贪玩的年龄，他很想和小伙伴们玩耍，但是母亲对他要求很严格，经常给他讲一些做人做事的道理，要求他除了劳动就要在家读书学习。

少年金壮龙读书十分用功，他深知自己家境贫寒，要珍惜学费，珍惜时光，争取考个好成绩。初中二年级的时候，他家附近的 3 个公社组建了一所中心学校，各村学习成绩较好的学生都被选送到这个学校学习。初到中心学校，金壮龙有点不适应，学习成绩也下来了，当时学校分快班和慢班，他被分到慢班。不久，他猛然醒悟，注意课前认真预习，课中认真听讲，课后多做练习。由于刻苦勤奋他奇迹般成了班里第一名，新学期开始，马上被调到快班。后来中心学校更名为临城中学，金壮龙成了快班的前五名，这五名同学被喻为"临城五虎"，全都考入浙江省重点学校舟山中学读高中。进了浙江省舟山中学，金壮龙不断发力，连年被评为校三好学生、浙江省三好学生，还当上了校学生会主席，成为尖子中的尖子。

1982 年，金壮龙 18 岁，之前他没见过火车，靠着自己的勤奋，他走出海岛，并以优异的成绩考入北京航空航天大学。1986 年，不断进取、追求卓越的金壮龙考入上海航天技术研究院攻读研究生。研究生毕业后，他的人生道路走到了一个十字路口，面临重大选择，这时他接到美国芝加哥一所航空学院的录取通知书。去海外留学，还是留在国内工作？当时，正是国家航天一线急需人才的时候，面对两难，鱼与熊掌不可兼得。后来他深情地谈道："在国家需要与个人前途发生矛盾的时候，个人的小坐标，要紧紧地挂靠到祖国需求的大坐标上。"他理智、果断地做出了选择，放弃了去美国继续深造的机会，义无反顾地走向了大漠深处。在戈壁滩试验发射一线，他与那些默默无闻奉献青春的"航天人"同住同吃，共同搞科研，在艰苦的环境中锻炼成长。

2006 年国务院组织专家学者进行论证，大飞机立项了，具体怎么搞？

在哪里搞？这是个问题。时任国务院总理温家宝提出：一定要找好抓这个项目的带头人。后来中央下决心把张庆伟和金壮龙从国防科工委领导岗位上调过来抓大飞机。

2008年5月11日，中国商飞有限责任公司在上海成立，成为实施国家大型飞机重大专项中大型客机项目的主体，同时也是统筹干线飞机和支线飞机发展、实现中国民用飞机产业的主要载体。张庆伟任董事长，金壮龙任总经理。2012年1月，金壮龙同志担任中国商飞公司董事长、党委书记。无论是在白手起家的创业初期，还是在艰难前行的发展征途中，无论是在遇到挫折的困难关头，还是在取得成绩的时刻，金壮龙始终是一副阳光的笑脸，给人们以鼓励，输出正能量，C919大型客机直上蓝天，金壮龙同志费尽了心血。

C919大型客机从方案初始设计到成功首飞，中国商飞人发扬航天创业精神、航空报国精神，闯过了道道难关，攻克了数不尽的难题，在每一个困难关口，总会有金壮龙的身影，总会听到金壮龙的声音。

创业之初，张庆伟、金壮龙两位领导就提出要创建国际一流的航空制造企业。可以说，他们是临危受命，责任重大。已经落后了半个世纪的中国民机产业面临新的挑战、新的威胁，美国波音和欧洲空客两大飞机制造巨头称雄世界，形成"二龙戏珠"局面，中国泱泱航空市场大国，却没有一架"中国制造"的飞机。为了实现零的突破，从2002年起，国家立项研制ARJ21-700新支线喷气客机，进而研制C919大型客机，目标与波音B737飞机、空客A320飞机齐翼比肩。此刻，波音、空客又进步了，B737MAX和A320neo相继出现，对C919形成挤压之势。

当C919大型客机研发取得进展时，金壮龙出现在大家身旁，向大家表示祝贺，鼓励大家发扬不怕吃苦精神再接再厉。

2008年11月28日，ARJ21-700首飞，这是中国民机历史上具有里程碑意义的大事，金壮龙特意请来了航天英雄杨利伟，让他与中国飞行试验

C919 大型客机首飞任务总指挥金壮龙

研究院（简称试飞院）副院长、ARJ21-700 新支线首席试飞员赵鹏见面。当杨利伟与赵鹏两人热烈握手拥抱的情景在电视屏幕上定格时，全国人民一片欢腾，中国人民解放军将军服装与镶有鲜亮五星红旗标志的中国试飞员制服交相媲美，人们的眼睛湿润了。

金壮龙重视试飞队伍的建设，与试飞员有着特殊的感情，喜欢听试飞员的意见和心声。他求贤若渴，把在国航飞过多种机型的功勋飞行员钱进聘来做商飞总飞行师、试飞中心主任，主持 C919 大型客机首飞任务。

金壮龙同志每次与赵鹏见面，都有聊不完的心里话。一次金壮龙在飞机上看到《中国民航报》上的文章《中国适航报告》有一篇是写赵鹏的，他欣喜地从头到尾看了几遍。下飞机时，他还把这份报纸叠好带上。晚上，与赵鹏见面时，他先从手提包中掏出那份报纸，说："看看，写你的。写得很实在，《中国适航报告》每一期我都叫我们大飞机网转发。"

2016年6月28日，当ARJ21-700商业运营首航之时，金壮龙同志带领总部机关人员在炙热的机坪上迎候飞机着陆，第一个迎上前去给机组成员献花，祝贺商业首航成功。

商飞人说金壮龙同志是个工作狂，精力充沛，浑身像有使不完的劲儿，除了开会出差，他经常深入中国商飞所属的6个中心一线。商飞人说，金壮龙同志不在一线就在去一线的路上。C919大型客机首飞前夕，他跑祝桥试飞中心更勤了，飞机低中高速滑行试验是至关重要的环节，关键时刻他一定到场。他多次和贺东风一道迎接机组滑行试验成员归来，送上鲜花，热烈握手，亲切问候，共进午餐，一块开航后会，给机组成员巨大的鼓舞和力量。

第十章　砥砺奋进的带头人

当今的中国，从传统的计划经济走向现代的市场经济，再快速步入全球经济用了 20 年。中国成为世界第二大经济体用了 20 年，走过美国 200 年的发展历程，这是一个全球进步与发展的奇迹，这个奇迹的出现与许多领域的先进企业和卓越的企业领导人是分不开的。

中国商飞公司是中国改革开放的企业标杆，它完全打破了传统体制的束缚，冲破了原有制度的桎梏，是中国大飞机事业突破重围、冲开禁区的创新性实践，从零开始，开启新纪元的先锋。中国商飞从组建之日起，就树立了雄心壮志，打造新时期改革开放标志性工程，成为创新型国家和制造强国的标志性工程，建设国际一流的航空制造企业。

大飞机梦是"两个一百年"的中国梦的一部分，两个标志性工程，就是在实现中国梦的征途上的两个标杆，建设国际一流航空企业就是中国大地上的一个样板。标杆和样板要引导中国企业向何处去？如何实现引导作用，中国商飞践行的结果怎么样呢？

双标志性工程的企业、勇于建设国际一流的中国商飞，担子不轻，责任重大。俗语说，火车跑得快，要靠车头带。一个企业要成为标杆，首先要有一个砥砺奋进的团队，要有一个坚强有力的领导班子，要有一个具有远见卓识、经验丰富、冲锋在前的带头人。贺东风同志就是这样的好班长、好带头人，10年来，他以自己的能力、智慧引导团队，以身先士卒的排头兵作用凝聚团队，以自己的人格魅力影响团队，这才有了今天中国商飞人理想情怀胸中装、付出奉献勇担当的局面；才有了三大型号飞机的突飞猛进，让国外同行惊奇不已，刮目相看。

初见贺东风同志，是在中国商飞总装制造中心的 C919 总装大厅，当陪同人员介绍说我是采访大飞机的中国作协作家时，他伸出了大手，紧紧地握着我的手微笑着说："欢迎来指导我们的工作，发现问题，多提意见。"寥寥数语，给人力量。他的手很大，很有力量。其实握手很有讲究，不主动握手是蔑视，手沾一沾是轻视，手轻轻握一下是勉强，只有紧紧握手，才是真诚，才能传递力量。后来的采访中，我多次问一线的科研人员和总装工人，还有试飞员、试飞工程师："贺董事长与你们握过手吗？有何感觉？"大家异口同声地回答："握过。贺董的手很大很有力，给我们温暖，给我们力量。"

谈中国梦，讲中国故事，人们会自然想到大飞机 C919。讲 C919 大型客机故事应该从一个人谈起，这个人就是贺东风，他是一个典型。这位全国五一劳动奖章获得者，中国航天贡献奖、中国航天基金奖获得者，身居高位，默默耕耘，可以说，他的经历就是一部中国航空航天的逐梦史，是中国商飞从无到有、逐步强大的发展史。

20 世纪 80 年代末，这位刚毅、笃实的青年学子背着中国名校吉林工业大学金属材料、经济管理双学士学位证书走出校门。吉林工业大学是中国汽车工业骨干管理者和骨干工程师的"黄埔军校"，贺东风当时想过冲进风起云涌的中国轿车生产浪潮，驾轻就熟，可以一展才华。但是，他思虑万千，最后坚定地反向而行，走进了亟待发展、急需人才的航天航空领域，毕业后他第一个落脚点是航天工业最基层的一家公司，从车间技术员干起，一步步走来，凭借自己的"东风"，扎实笃实、脚踏实地、辛勤工作。大飞机项目启动初期,贺东风就进入了中国商飞成立的筹备工作组。2008 年 4 月,他被任命为中国商用飞机有限责任公司总经理助理兼办公厅主任,上海飞机制造厂厂长、党委副书记。办公厅主任被同事们俗称为"大内管家",公司成立在即,事情多如牛毛,稍有疏忽,就会造成重大影响,他凭着责任与热情,身先士卒,带头做行政杂务,带头起草文件,通宵达旦工作,有效保障了董事会顺利成立,而后,他又把精力集中在上海飞机制造厂的实际工作之中。

著名现代管理大师德鲁克对管理的定义是:管理就是界定企业的使命,并激励和组织人力资源去实现这个使命。界定使命是企业家的任务,而激励与组织人力资源是领导力的范畴,二者的结合就是管理。使命就是企业存在的原因,是组织的目的。使命、愿景和价值观这三个词既有区别又有联系:使命是一切的根本,愿景把使命转变为真正富有意义的具体的预期结果,价值观是以什么样的方式和行动去实现真正富有意义的具体的预期结果。组织、控制和管理是现代科学管理的核心,能否谙熟地应用,实事求是地解决企业管理中的屏障,特别是对中国商飞这样的企业,都是对领导者学识、格局、魄力、担当的严峻考验。

贺东风首先提议让运-10 飞机在阳光下亮相,建造《永不放弃》雕塑,并买回中美合作组装的 MD-82 飞机。他在新员工入职大会上充满激情和豪情地讲道:我们这样做,就是不忘历史,不改初心,就是不忘记我们出发的地方,矢志不移地坚持我们最初的信仰和目标,坚定不移,砥砺前进。信仰是巨大的精神原动力,是凝聚力量的磐石。中国大飞机路在何方?路怎么走?老路行不通,其他的路也不行,经过摸索,只有走"自主研发+国际合作"的道路才是光明大道。只有坚持方向、开放创新才能闯出中国大飞机发展之路。

此刻,我想起《豪赌三万英尺——空中客车挑战波音霸权》一书中有个细节:1994 年 5 月,波音公司买了一架二手的空客 320 飞机,陈列在西雅图公司总部，有何用意？不言而喻，逆水行舟，不进则退。

9 年，中国商飞公司研发了 3 个型号，三路大军，齐头并进。董事会站在设计决策高层，审时度势，运筹帷幄，确定了"长期奋斗，长期攻关，长期吃苦，长期奉献"的核心价值观和企业文化方略，稳步生产制造 ARJ21-700 新支线飞机，推进其商业运营成功；攻克难关，科学调配资源，举全国之力、聚全球之智研制 C919 大型客机；着眼未来，预研宽体大型客机等型号。

在这一系列重大战略和举措中，都有贺东风同志的智慧和心血，特别是组织 IPT 团队（现代项目管理的一种重要组织方式），打破制度禁区，充分调集各中心、各部门资源，在 C919 大型客机的各个节点，取得了一个战役又一个战役的可喜成果，积小胜成大业，凝聚众心群力，托起了中国大飞机。

C919 大型客机首飞前夕，贺东风同志睡不好觉了，除了每天几个小时

贺东风在 C919 大型客机首飞现场

的低质量睡眠，他一直在现场，满脑子都是组织管理、进度时间、质量控制、适航标准等问题。2017 年春节刚过，乍暖还寒时节，他干脆把办公桌搬进了祝桥总装制造中心，家也不回了，住进了倒班宿舍。一天到晚留在一线，亲临现场，面对面指挥，缩短了解决问题的路径，节省了时间。天天总结会，时时碰头会，120 多天下来，他明显消瘦了，但是，每天在现场，心踏实，底气更足、更自信。他那一副微笑的脸、一双粗壮的手，深情地投向 C919，真诚地投向员工，迎接着 C919 大型客机首飞那一天。

C919 大型客机成功首飞后，贺东风同志来不及休假调整，又投入 C919 二架机的首飞和 C919 第一架机转场的紧张准备之中，迎接他们的不全是鲜花和喝彩，还有更严峻的试验试飞考验。贺东风同志充满信心，中国商飞公司将与中国飞行试验研究院携手并进，创造新的辉煌。

第十一章　从小发明家到总设计师

2017年5月5日15时20分许，C919徐徐落地，向世界宣告：中国自主研发的第一架大型喷气客机首飞成功！机舱门打开后，总设计师吴光辉疾步从舷梯登上去，热泪盈眶地与首飞机组机长蔡俊紧紧相拥，蔡机长激动地把一枚纪念首飞的徽章从胸口摘下戴在吴总设计师的胸前。那一刻，全国人民看到了两位C919首飞功勋代表人物满含热泪的激动神情，但不知人们留意到没有，两人没到花甲之年，已是满头白发。

早在2016年12月份，我作为采访C919机组的第一人，与蔡俊机长交谈时，询问他为什么正值中年，过早发丝鬓白，蔡机长说是遗传的少白头。吴光辉总设计师的白发也是如此吗？非也。我曾看过一幅照片，那是2008年元旦前夕，国务院总理温家宝视察陕西阎良航空城时，吴光辉站在温总理身旁，头发浓密乌黑，英气十足。9年时间，已判若两人。为了实现航空人的大飞机梦，他日夜无休，奋战在一线，终日操劳，眼角也过早刻下了深深的印痕。他与蔡俊机长等航空人忘我的付出，正是C919能首飞成功的关键！

从制订C919大型客机的总体技术方案开始，到首飞成功着陆，可以说，作为总设计师的吴光辉，付出了自己的全部心血，倾其智慧，一路走

C919 大型客机总设计师吴光辉（左一）和机长蔡俊

来，突破重重技术难关，把不可能变为可能，把可能变成我国飞机设计的独有技术专利和自主知识产权。

当我在总装制造中心现场和试飞指挥监控大厅同央视《大国重器》摄制组一起采访他时，他谦虚和蔼地说："研制大型飞机是几代航空人的蓝天梦，是中国航空史上的集体智慧所凝结的成果，没有核心决策层强有力的领导，没有广大一线工程技术人员的奋力拼搏，不可能有今天的成功。你们应当多把镜头和笔墨给予他们，我只做了我该做的那一部分工作。"

翻开吴光辉总设计师的人生档案，写满了对航空事业的付出与奉献。童年时代，并没给他留下太多美好的记忆，他的家乡在湖北农村，小时候便显露出与其他小孩子不同寻常的气质，他经常动手拆解一些电子设备，喜欢半导体收音机的零部件，探究发电机的工作原理，经常把积攒的零用钱，从五金店买来二极管、三极管、电阻、电容等电子元件。没有钱买电路板，他就找来一块胶木板自己钻孔穿导线。没有变压器，买来铜线自己缠，再进行组装。同学们经常会围着他聚精会神地观察他制作出来的"收音机"，虽然收听效果不甚理想，但是可以听广播、学英语，同学们亲切地给他起了个外号"小发明家"。

1977 年，吴光辉赶上了恢复高考的第一班列车，开始了他与航空事业的不解之缘，"勤奋出英才"便是成功用知识改变命运的吴光辉的写照。高考恢复，中国在十年浩劫中逐步恢复秩序，以出身定出路的日子变成以成绩定前途，成绩面前人人平等，高考奏响了中国未来人才集结的号角。

吴光辉的第一志愿填写的是南京航空学院的飞机设计专业并被录取，四年寒窗苦读，1982 年毕业被分配到了陕西航空城。从一线技术员干起，脚踏实地，参与了多个型号的设计，其中还担任了大型军用运输机和 ARJ21-700 飞机的设计。他勤奋好学，善用时间，逐步成长为总设计师，又于 2008 年获得北京航空航天大学飞行器设计专业工学博士学位，最终肩挑大梁，担起了中航工业第一飞机设计研究院院长的重担。在审读《未了的传奇——波音 747 的故事》这部书稿时，吴光辉感慨良多：因国运不济，中国航空之父——冯如比美国莱特兄弟只晚 6 年，深感遗憾。一代英才王助赴美，波音慧眼识人，将其选拔进公司，使他在那里创造了属于中国的奇迹。

人才、技术进步使波音从一个成功走向另一个成功。

乔·萨特于 1946 年作为一名气动力学技术人员加入波音，参与了波音 707 和其他早期喷气飞机的设计，20 年后，他又带领人员研制波音 747 飞机，这是世界上最富挑战性、最激动人心的创举。波音 747 是空中巨无霸，它的出现是世界民机史的一个传奇，吴光辉暗下决心，要迎头赶上。

这部近 30 万字的书稿，吴光辉不知审读多少遍了，他一边审读，一边思考：莱特兄弟是伟大的，波音的创始人波音是了不起的，中国的冯如和王助是卓越的，波音公司总裁比尔·艾伦用 5000 名设计师花 7 年时间研制成功波音 707 是伟大的，波音 747 之父乔·萨特是卓越的。科学技术无国界，航空文明应该由各国人民共同创造。中国人 100 年前就在航空领域崭露头角，100 年后更不能甘居人后。

吴光辉担任 C919 总设计师后，全身心投入工作的同时，又想到：不干则已，干则一定要成功，一个称职的总设计师，一定要能亲自驾机飞行，一定要有飞行执照。想法一出，他立即行动。

年届半百的他，利用节假日，频频往返于航校之间自费学习驾机理论和飞行技术，终于取得了飞行执照，成为我国拥有飞行执照的民机总设计师第一人。2012 年 12 月 28 日他去刚建好的工程模拟机上飞了一个架次，深刻体验了飞行大型客机的感觉。他把飞行的经验和体悟用在 C919 大型客机的设计制造中，在人机自然的对话中加深对设计理念的进一步领悟。在 C919 总体设计中，提出"四性"（确保安全性，提高经济性，改善舒适性，注重环保性）、"三减"（减重，减阻，减排）的准则，密切跟踪国际大型客机技术发展趋势，确定了先进的总体气动指标，高速比国外同类机型减阻 5%，低速不低于同类机型，并对高速减阻指标进一步细化分解。机翼一体化设计、小翼设计、机头尾端设计都有他的贡献。

减小飞行阻力是提高飞机经济性的重要因素，吴总带领设计团队围绕减阻的目标，进行技术攻关，组织开展了超临界机翼设计分析，对飞机整体气动布局进行分解剖析，独立自主设计加工风洞模型，反复进行风洞试验。从 2000 副机翼和 300 副吊挂外形中进行对比优选，重点对 7 副机翼的升阻比、阻力发散特性、设计迎角、力矩特性等参数进行综合优化，调整配置安装角、扭转角、翼型等参数，创新了鲨鱼鳍翼梢小翼设计，达到了减阻 2% 的目标。

吴总对机头和尾端设计也进行创新，先后选取了 66 个机头外形方案进行比对优选，对多个尾端外形方案进行优化，经过计算机和风洞试验，飞机外形达到了减阻 5% 的目标。总体气动设计过程，计算量用"海量"来形容丝毫不为过。

为了减轻 C919 重量，提高 C919 大型客机的经济性和商载航程性能，吴总带领设计团队在设计中大量采用复合材料及先进的铝锂合金材料，采用了先进的结构形式和系统设备。在系统方案设计中，借鉴国外的最新先进技术，进行独立自主创新设计。比如：驾驶舱设计，采用了先进的更符合人机工程学的"T"形布局。飞控系统采用全电传控制、侧杆操纵。驾驶舱内配备国际上最先进的航电系统设备，以及最新的数字技术、控制集成技术，提高飞行的安全性，改善机组驾驶的舒适性。

　　吴总和设计团队在工作中遵循"主制造商—供应商"的准则，按照独立自主的研发理念和先进的设计标准，选择国际一流的供应商提供最先进的动力、航电、飞控等系统，完全按照国际适航标准提出设计需求，充分保障安全性。比如：选用先进的新一代发动机，大幅度降低巡航燃油消耗率，成本比国外同类飞机降低 10%，从而大大提高了经济性。外场噪声满足国际民航组织第四阶段噪声要求，并有裕度。氮氧化物排放量比国际民航组织要求降低 5%，具有高质量的环保性。客舱内选用高效空气过滤环控系统，提供高品质新鲜空气，客舱照明采用人性化情景设计，给旅客提供温馨舒适的客舱环境。

　　吴总在工作过程中始终面临"技术—经济—进度"的三维决断，困难重重，一步一坎，整个设计团队靠理想信念和长期奋斗、长期攻关、长期吃苦、长期奉献的精神走过来了。

　　9 年的研制过程很艰苦，酸甜苦辣咸五味俱全，他最欣慰的是新一代大型民机设计队伍形成，年轻人通过实战实干，得到锻炼成长。这样一支队伍让国外同行很敬畏，他们说中国商飞的未来不得了，有这样高素质的年轻设计师队伍，中国大型客机的前景十分光明。吴总听到这些赞许，十分开心。如果说 C919 是他和团队的杰作，那么，C919 大型客机的年轻设计团队就是幸运的人，祖国给了他们进一步施展才华的平台。

　　C919 首飞前半年的时间里，吴总把办公室搬到了祝桥现场指挥部，每天他都在一线，与设计团队的年轻人一道，并排坐在现场长条桌前，贴着"吴光辉"字条的水杯和年轻人的水杯一同摆放在生活物品架上。中午开饭了，他总是等年轻人回来，才离开监控台到食堂点一碗面，三下五除二填饱肚子又回到监控台前。飞机通电联试和发动机点火的日子里，他与贺东风同志通宵在现场，几个月未回家，眼睛熬红了，白头发增多了。

C919 大型客机和服务得到国际业界的普遍认可和信任。截止到 2017 年 6 月 13 日，C919 国内外用户达到 24 家，订单总数达到 600 架。

这 600 架订单说明什么，不言而喻。C919 大型客机以它的安全性、经济性、舒适性、环保性赢得了客户和公众的信赖。

第十二章　适航与安全

　　2017年6月8日，中国作家协会副主席、书记处书记李敬泽来"现代题材作品创作出版研修班"时，见面第一句话就直截了当地对我说："写大飞机要把安全性写明白，老百姓最关心的就是安全。"我正在读他的《青鸟故事集》，书中有多处涉及"鸟"和"飞"，引发我的遐思和联想。C919也是一只大鸟，是中国人自己制造的大鸟，但不是供人类观赏之物，而是载人抵达梦想远方的吉祥鸟，首要前提自然是安全。C919大型客机飞起来只是成功的开始，老百姓能坐上安全的飞机才是成功。

　　安全是航空之本，安全是民航工作第一要务。在中国民用航空局办公楼大厅悬挂着周恩来总理重要批示的字匾：保证安全第一，改善服务工作，争取飞行正常。这是中国民航工作的指示方针。大厅两侧，一边摆放着中国民航机队世界一流的大型客机模型，另一边陈列着拥有自主知识产权的ARJ21-700新支线飞机和C919大型客机模型。

　　飞行关系生命安全，百姓最关心出行安全。做到安全，从源头上讲，飞机的制造品质是基础。

　　C919大型客机飞起来了，它的安全性如何？这是公众关切的问题，首飞机长蔡俊曾给我留言：我对C919充满百分之一百的信心。首飞任务完成后，他在感悟中说，飞机状况很好，没出现一个告警显示，机组发挥正常。

C919大型客机项目部部长袁文峰说，亲历首飞，激动人心，终生难忘。从飞机离地到落地的79分钟，飞机和机组的表现都堪称完美，世界上许多媒体给予了很高的评价和赞扬。尽管没有庆功酒，项目团队依然在刷屏的赞誉声中陶醉，狂欢了两天。兴奋之余，我们很快从各种赞誉和质疑声中清醒：首飞成功是一个里程碑，但这只是试飞取证的开始，大飞机梦刚刚启航，只有翱翔蓝天的飞机才是真正的飞机，只有符合适航标准，取得型号适航合格证的飞机，才是安全的飞机。只有交付的飞机、在运营中能赢利的飞机才是真正的商用飞机。

对"安全与适航"这个重要议题，我曾采访过中国商飞公司副总经理赵越让，他讲得明了透彻：C919大型客机飞起来了，只是向成功迈出了第一步，试验试飞取证的路还很长，最终取得型号合格证才能说飞机是安全可靠的。

这位陕西关中汉子在访谈的开场白中说，中学时期突然对设计飞机产生了兴趣，在白纸上不出10分钟就画成了一架飞机，以为一个人就能设计一架飞机，太天真了。后来上大学、读研究生后到飞机制造一线，到民航搞适航管理，一直干到民航局适航司副司长、ARJ21-700型号合格审查委员会主任，30多年过去了，猛然醒悟："适航太重要了，是安全的最低标准。飞机的安全性重如泰山，没有安全，一切归零。飞机的安全性来自两个方面：一方面是研发制造，技术的先进性，严格遵循适航标准。另一方面是经受中国民航局对型号合格适航审查，获取中国民航局颁发的型号合格证。研制和适航是安全的两个轮子，缺一不可。研制大家比较熟悉了，适航的理念对公众来说还比较陌生。适航到底是什么？适航的原则和意图是什么？怎么做好适航？我到中国商飞9年了，主要精力是干适航这个事，保证ARJ21飞机和C919大型飞机的安全。我离开北京时，民航局领导说

'你要半个屁股坐在商飞，半个屁股坐在民航局'，什么意思？商飞是研制C919 的主体企业，民航局是对 C919 进行适航审查的政府部门，双方要共同努力，才能确保 C919 的安全性。"

9 年多来，赵越让副总经理在中国商飞公司内部从普及适航理念切入，建立了中国商飞顶层适航管理部、适航工程中心，并在各成员单位设立了适航管理部门，普遍建立适航组织体系，改变传统的路径，以前是先设计后进行适航审查，那已经晚了，返工不仅延误工期，造成巨额浪费，更重要的是留下安全隐患。适航标准是最低的安全标准，每一项条款后面都是鲜血和生命的惨痛代价。赵越让形象地说，适航就是地板，不是天花板，意思是说适航是接地的，是可以做到的，而不是可望而不可即的。他特别强调"要知其然，更要知其所以然"。他要求团队，要刨根问底理解条款本意，掌握精髓，贯彻到实际研制中去。从源头抓起，从 C919 大型客机的设计输入抓起，把所有的适航条款、工业标准、咨询通告进行系统搜集梳理，制定安全验证大纲，提出表明符合性的方法，还编制了 50 多个适航验证的工具程序，全部有标准格式、标准模板和标准流程，分门别类地下发到各个设计和制造部门，以此来保证 C919 的安全性。比如驾驶舱的设计，机组操作方便是安全的首要前提，赵越让请来了民航局、各地区管理局和航空公司的知名老飞行员，成立了驾驶舱设计评审委员会，一条一条对照适航条款，反复比对，充分考虑人机因素，符合人体工程学，使飞行员操作简化、方便，遇到告警不至于手忙脚乱，能快捷处理。经过多次试验，请飞行员亲自体验，借鉴 ARJ21-700 的经验，设计完成的 C919 大型客机驾驶舱令人满意，技术是领先的，且通过了适航审查，确保了安全性。

研制方在保障 C919 安全性方面是如此做工作的，那么审查方又是怎样行动的呢？民航局是代表公众利益行使政府职能，局里高度重视国家大飞机项目，从安全出发，提出了"民机发展，适航先行"的战略，果断在上海成立了上海航空器适航审定中心，大部分成员在时任中心主任沈小明带领下，参与了 ARJ21-700 型号合格证适航审查，出色完成了任务。2010 年 12 月 24 日，民航局正式受理了 C919 大型客机型号合格证申请，时任适航司司长、现任民航局总工程师的殷时军高度重视，缜密筹划部署，一线实施的重任落到了上海航空器适航审定中心。这个中心人员不足，任务繁多，承担华东地区的航空器审定和大量进口飞机的认可审定，原主任沈小明身先士卒，破解了一个又一个难题，取得显著成绩。现任主任顾新敢于担当，勇挑重担，对他来说压力就是动力，他喜欢挑战，工作越忙越有精神。他迅速成立了 C919 型号合格证适航审查委员会，亲自当主任，选择了有国外工作经历的专家张迎春为 C919 适航审查组大组组长，揭裕文、李新等有丰富经验又能吃苦实干的人任 13 个专业组组长，共 40 多人立即奔赴 C919 研制一线，为 C919 的安全性开展细致认真的适航审查工作。

这里仅举一个例子：适航规章要求在进行试飞试验时，有"足够措施，以便试飞组成员能应急撤离"的条款，审查组在前期审查中发现设计人员设计时，利用了服务门作为空中应急撤离门，相对简单，改装方便，但是服务门侧后方附近就是发动机，如果试飞当中出现问题，机组人员利用这个服务门逃生时，就有可能被吸入发动机。性能操稳和人为因素专业组组长揭裕文在审查时，提出利用服务门做空中应急撤离门不合理，建议另选方案，可以利用客舱中间的位置，穿透地板，垂直打通一个方洞伸到机件外，一旦出现紧急情况，机组人员可以背上降落伞及时跳出去。设计人员后来采纳了这个建议，满足了适航要求，也为试飞机组人员把好了安全关。这个过程也是艰难的，揭裕文主任坚持："不改，那你们给我演示看看，会是什么结果？"设计人员服气了，为了安全，不能有一丝马虎。

飞行控制律是 C919 大型客机的重要难题，是新颖的设计，有关控制律的适航审查要求、规章条款没有包含。揭裕文主任带领审查组成员，根据审查国外大型客机的经验，结合 C919 大型客机的设计特点，提出了包线保护相关的 10 个专用条件，如侧杆控制器、低能量感知、高迎角保护和迎角平台、飞行包线保护等，同时提出了符合性方法的问题纪要。审查期间，他带领审查组成员不仅重视实际状况的研究，还利用业余时间经常挑灯撰写学术文章，出版了《民用飞机驾驶舱人为因素适航验证导论》（合著）一书，书中提出了当前世界航空领域高度关注的新课题，既有理论研究深度，又有实际指导意义，专家学者给予了很高的评价。揭裕文主任还借鉴国外的人为因素适航审查经验，提出了中国民航满足人为因素审查的专用条件，在驾驶舱评估、试飞员评估、人为因素差错的评估等方面阐明观点，提出意见。

三峡工程总设计师、中国工程院院士郑守仁有句语重心长的话："我很感谢提反对意见的人，（他们会）促进我们把方案和工程做得更好。"C919 大型客机的安全性和适航工作何尝不是这样。

揭裕文参加 C919 飞机驾驶舱、维修性评估委员会启动会

第十三章　航电系统的故事

　　飞机的结构、系统十分复杂，C919 大型客机的研制是一个庞大的系统工程。分别有总体气动、结构强度、航电、电气、机械、飞行控制、动力装置、液压、环控、总装制造、标准材料、试飞试验等。除总设计师外，还有常务副总设计师及副总设计师若干，在中国商飞上海飞机设计研究院郭博智院长、韩克岑副院长的带领下，各个团队奋力攻关，顽强拼搏，不仅取得了研发成果，还产生了许多感人故事。篇幅所限，这里只讲航电系统的故事。

　　听说过飞机"黑匣子"这个词吧？飞机一旦失事，有关方面都要千方百计寻找"黑匣子"，它指的就是语音数据记录器，是飞机航电系统中的一部分。C919 大型客机的航电系统是整架飞机的大脑中枢神经，是飞行员与飞机交流对话的主要接口，由通信导航、综合显示、核心数据处理、飞行管理、语言和数据记录等功能的诸多系统组成，飞机飞行状态、故障报告及应急处理等情况主要通过航电系统的显示而传达给飞行员，以便其进行最初的判断处理。

　　其中通信导航系统是飞机航电系统中的核心系统之一，承担着飞机在起降和航行过程中地空对话、机内话音及数据通信、无线电导航等功能，让飞机具有"眼观六路、耳听八方"的功能，在飞行过程中为飞机指引方向，并实时保持地空对话和信息传递，相当于分别给C919装上了"耳朵""嘴巴"和"眼睛"。

那么在体形巨大、零配件纷繁复杂的C919身上，具体哪些设备才是它的"眼""耳""口"呢？

C919的机背、机腹、机尾等处那些形似鱼鳍、雪橇的突起物是天线，通过各种高频电缆连接到内部的不同的设备上，它们用不同的通信方式来负责收发、传递地空之间的信息。在C919飞机上，设置了超短波通信、短波通信和卫星通信这三种常规通信方式。在飞机起飞或着陆时，飞机向塔台发出请求，塔台给出的飞行指令通过超短波视距通信来完成；而短波通信主要用于远距离超视距通信，如跨洋飞行时与地面通信；卫星通信能够使飞机在全球范围内实现超视距通信。

C919航电系统与飞机系统动态集成试验台

在通信导航实验室里，工程师通过对通信导航系统下发虚拟的指令信号或数据信息，使用不同的通信方式来接收和传递，并在监视设备上验证其整个过程是否达标。为确保系统的安全、可靠，工程师已进行了上万次的实验验证。经过近 3 年的努力，通信导航系统成为首个交付中国商飞的航电分系统，也是第一个完成分系统集成验证的航电分系统。

C919 大型客机采用的"自主制造商—供应商"模式，在航电系统研制中有具体明显的体现，即主制造商进行航电系统整体的顶层设计，完成系统需求定义，各分系统的功能定义，以及整体及相互间的架构定义，接口的详细设计定义等工作，然后根据这些准则在世界范围内再选拔各部分有优势的供应商，在这一过程中，要进行大量的详细设计和协调工作，以确保各项硬件、软件与系统的良好匹配，这是自主知识产权的重要体现，也是 C919 核心研发团队的卓越能力体现。目前世界上在民用客机领域具备航电集成综合能力的主制造商只有波音和空客，从 C919 开始我们成了第三家。

C919 的航电系统集成能力是怎样实现的？研发过程中如何跟进掌握航电技术的领先技术？带着这样的疑问，我采访了 C919 的副总设计师，航电系统研发攻关带头人——周贵荣。他曾是我国第一代专用武装直升机"武直-10"的常务副总设计师和航电系统总设计师，另外还负责承担了多个国家重点型号的研制任务，这也为周贵荣后来设计集成 C919 航电系统打下了坚实的基础。

周贵荣于 2008 年来到上海，在中国商飞开始了 C919 的蓝天梦。当时最初的中国商飞上海飞机设计研究院建设工地还是一片芦苇沼泽地，周贵荣与由西安来的陆清等同事们一起在铁皮房里研究试验室布局规划，在进行航电系统的设计研制中，在每天紧张的航电系统联试调整分析中，他熬红了双眼，有时连续工作几十个小时，争分夺秒地设计分析试验，与时间赛跑，饿了喝水啃方便面、困了用凉水洗把脸，他总是充满信心地对下属说，只要心中有目标有理想，脚踏实地干，蓝天梦一定可以实现，在研发的同时他不断激励年轻人奋力进取。

实验室里有一个独立的约两平方米的玻璃房，那是外国发动机供应商专门的试验区，有时候需要与外国专家深入切磋相关细节问题，但外国专家对技术的交流有严格的限制，每次来试验都会带一个密码箱，里面是他们独有的调试参数文件和专用测试仪器。有时他们也会调侃说"相信你们也迟早会掌握这些核心技术"。在某些技术领域两方就是这样微妙的合作关系。

航电系统研发初期，周贵荣就带领团队开展了研发流程体系规范的研究，成功设计了系统需求管理平台，设计了 C919 航电系统独有的功能需求和设计定义，包括接口、整体核心架构以及综合实验调试环境的规划和需求，建立了系统总体、机载软件、网络系统、核心处理等多个开创性专业领域。除了自己的经验积累和带领团队的综合原创能力，也结合目前国外的最新技术发展进行综合评估并成功地应用到 C919 上。

中学时代的周贵荣就是个"物理迷"，一上实验课，他总是兴奋地第一个跑到实验室，也是最后一个离开，课后喜欢与老师讨论对实验的大胆设想与看法，业余时间埋头在《航空知识》和《无线电》杂志中探索科学的奥秘。直到大学依然保持着阅读各种杂志的习惯，博采众长。高考填报志愿时，他便把专业和兴趣结合在一起选择了西北工业大学航空电子工程专业。有位哲人曾说"兴趣就是最好的老师"，周贵荣就是带着这样对科学的热爱和对物理学习的严谨态度，在大学勤奋学习，收获满满，毕业后被选拔进中航工业某研究所，在那里开始了他的蓝天梦，也为他后续研制 C919 航电系统打下了扎实的基础。

2009 年周贵荣带领研发团队开始了 C919 航电系统的综合设计与验证之路，不久又启动了其仿真与测试集成攻关研究，取得了关键成果，建立了航电系统综合试验平台，在实验环境中逼真的模拟各种系统在飞行环境中的逻辑状态，实现系统智能联试。其间，全机的电源试验中心距实验室有几十米，许多信号的处理因为长距离的传输而出现中断，无法进行完整的深层次试验，直接影响到联试数据的准确性和有效性。周贵荣大胆提出一个思路："将电信号通过高速变换转成光信号，通过光纤传到设备终端，再把光信号利用智能的数据交换和处理转成电信号实现信号的完整有效传输。"这既避免了物理电信号的不确定性和不稳定性，又有效保证了数据的精准与实时性。同时这一航电系统的建立与主导研发的系统——综合试验数据互联平台，在C919的"三鸟联试"中发挥了极其重要的作用。

周贵荣十分重视机载软件的自主研发，建立了专门的团队，对与全机关系密切变更频率高的软件由自主进行研发，确保了系统的研制质量，加快了响应速度，降低了研发成本。他还开发建立了全机接口管理系统软件平台、问题报告系统等平台环境，提高了研发管理的效率的问题归零的速度及质量，为后续的知识重用创造了良好的条件；建立了一套属于多个硬件和软件系统组成的高安全性系统架构，经过大量探索分析研究，在系统总体协调规划的前提下将整机航电系统通过有机的分解拆分为八个系统工作包，选择不同的供应商分头完成研制，有利于选择各项最先进的系统和技术，而且整体受控并不会受制于外国供应商，增加了可选择性，这就给自主研发的系统插上了翅膀，形成了一套我国独有的高度集成的综合化航电系统。

飞机在空中，飞行员、乘客和地面进行联系就会相对减弱，飞机也相对成为一个"空中的信息孤岛"。C919大型客机上安装的空地高速无线宽带有效解决了飞机飞行过程中"失联"的问题，宽带将飞机系统与地面系统连接成一个完整的整体，很多需要飞机落地以后才能做的工作，飞机还在空中的时候地面上可以先做起来，其中包括地面的专家可以对空中飞机的飞行状态和各种参数、各个系统的状况进行有效诊断和检测，从而得到飞机在空中的很多有效信息，高速网络的联通同时也增加了安全系数，工作人员可以随时在地面对飞机进行监控，当飞机遇到问题时，及时做出各种应急预案。飞机上还装备了国际上领先的视景增强系统，可以很大地提升驾驶员在夜间和雾霾等气象条件下的起飞和着陆能力，提高飞机的安全性，已领先于国际上的同类飞机。

飞机系统由很多个功能分系统组成，每个功能分系统都是能独立运行的工作单元。这些分系统或设备接入到飞机后，能否协调、匹配、准确地工作，是关系到飞机运行安全的关键因素。早期传统的飞机系统功能相对简单，各个系统的独立性较强，在装上飞机前单独完成相应的测试，再在飞机上连接起来试验基本就可以解决问题。然而，随着飞机研制技术的发展，当前先进的飞机设计中各功能不断增强、系统间的关联度非常复杂，很多功能需要多个系统组合起来、协同工作才能够实现。因此，在飞机研制中系统集成就显得日益重要。

周贵荣正是在这样的技术环境下，全面地考虑系统需求并进行自上而下的设计和分解，按照飞机设计流程和要求，将每一个系统分解成一项项小功能，然后再逐步传递分解落实到每个模块中，在各部分按照这样的设计进行制造后再进行集成综合，就是要将按照前期设计完成的每个系统，从部件到组件、组件到设备、设备到分系统、分系统到系统这样一步步将各个系统的功能集成起来进行验证。当前所进行的系统集成试验，就是以飞机装机状态为目标，以飞机各系统的需求为牵引，多系统联接在一起，对各分系统的功能需求进行集成仿真环境下的确认和验证。航电系统从最初的论证到首飞，当初规划的功能正在有步骤地一项项实现，重量等各项指标状态控制良好。通过 C919 项目的研制，与一大批国内兄弟单位一起在综合显示系统、机载信息、客舱核心等方面建立了相关研发体系及流程，形成了民机高安全航电产品的研发能力，从无到有实现了 70% 的国产成品装机。为国内航电技术的发展和未来进一步提升打下了坚实的基础。

在 C919 大型客机的首飞成功新闻发布会上，周贵荣脱去了平日的工作服，西装革履地出现在主宾席位上，脸上洋溢着喜悦的笑容，他从容地回答媒体记者所提出的各项问题，最后他说："C919 首飞过程中的航电系统反馈良好且迅速，我们的研发成果获得很好的验证。"

第十四章　一定要把大飞机搞上去

上海浦东张江金科路，有一个别致新颖、草木青翠、鸟语花香的花园式建筑群，那是 C919 大型客机的研发基地——中国商飞上海飞机设计研究院。大院北侧有一栋弧形的办公大楼，大楼门前牌匾上写着"民用飞机模拟飞行国家重点实验室"。走进综合试验大厅令人眼界大开，5000 余平方米的宽广大厅正中央悬挂着鲜艳的巨幅五星红旗，国旗两侧高悬着"长期奋斗""长期攻关""长期吃苦""长期奉献"的标语，前方是 1：1 的 C919 展示机模型，右侧是工程模拟机机房，左侧是铁鸟试验台及电鸟、铜鸟试验台。

C919 铁鸟试验台全称"飞控液压系统综合试验台架"。为了保证系统试验的真实性，铁鸟试验台按照真实飞机 1：1 的比例来设计，使飞控、液压、起落架系统的机械安装接口和飞机一样。

在铁鸟试验台的旁边，还有进行发电和配电等供电系统测试的"铜鸟"，同样 1：1 还原机上真实状态进行设备安装。"铁鸟""铜鸟"连同被称为"电鸟"的航电系统测试最终将全部连起来，从而形成"三鸟联试"来模拟飞机状态。研究院的科研人员就是在这些设备上对飞机的系统进行分析、验证、调试。

C919 大型客机铁鸟试验大厅

我去中国商飞采访期间，多次走进这个大厅，陪同人员兴奋地向我讲述习近平总书记来此视察的情景。

2014 年 5 月 23 日，习近平总书记来到综合试验大厅，登上自主研制的 C919 大型客机展示样机，坐在驾驶舱左侧机长位置上，询问了解速度表、高度表、航线图等仪表仪器的表现情况，并在客舱座位上坐下来感受飞机的舒适性，详细了解有关试验情况，通过远程视频了解 ARJ21-700 飞机。然后，他察看了 C919 大型客机铁鸟试验台，关切地询问了试验进展情况。习总书记看到 ARJ21-700 赴北美进行自然结冰试验和环球飞行的纪录片后，与试飞员赵鹏、赵志强亲切地交谈。

综合大楼全体科研人员听到习总书记来视察的消息，全都激动地涌向大厅，楼上楼下挤得水泄不通。习总书记看到热情的人们，兴致勃勃地拿过话筒向大家问好，他说，我们要做一个强国，就一定要把装备制造业搞上去，把大飞机搞上去，起带动作用、标志性作用。中国是最大的飞机市场，过去有人说造不如买、买不如租，这个逻辑要倒过来，要花更多资金来研发、制造自己的大飞机。总书记对大飞机研制队伍寄予厚望。总书记表示，中国飞机制造业走过了一段艰难、坎坷、曲折的历程，希望大家锲而不舍，脚踏实地，我们一定要有自己的大飞机。

民用飞机模拟飞行国家重点实验室常务副主任陆清，上海飞机设计研究院飞控综合实验室主任廖军辉、副主任谢殿煌在接受我的采访时共同提到了习总书记视察对 C919 一线科研人员的极大鼓舞，那场景历历在目，使人难以忘怀。他们3人在重点实验室的建设中发挥了重要作用，付出了艰苦的劳动，做出了贡献。

实验室的主要设备是"铁鸟试验台"。

铁鸟试验包括主飞控系统通信接口检查、升降舵系统试验、方向舵系统试验、副翼系统试验、扰流板系统试验等项目。

一直以来，铁鸟是型号研制的先行者。几乎所有飞机在首飞前，都要在地面进行铁鸟试验。通过试验，一方面确认系统的功能，另一方面"暴露"设计中可能存在的问题。

铁鸟的系统构型与真实飞机一模一样，"机舱"里各种测试试验设备，可以模拟故障试验分析原因，确定排除方案。模拟飞机一旦失效后可调控驾驶安全返回，称为"人机安全可靠"。"驾驶舱"也跟真实飞机一样，可以模拟飞机外机场的空中景象。把所有问题留在地面是铁鸟的终极使命。

2010 年7月，为了确保项目研制进度，中国商飞上海飞机设计研究院未雨绸缪，成立了 C919 大型客机主飞控系统、飞控电子集成台、飞控航电台、机上试验4个 IPT 铁鸟研制团队，启动 C919 铁鸟试验台研制工作。这支 100 多人的队伍里，既有正当壮年的技术骨干，也有年富力强的小伙，还有年过古稀的退休专家。奋战多个日夜，试验任务分解到小组，落实到人，以铁人精神啃硬骨头，完成了艰难的设计建造和试验任务。

国家实验室建立之初，陆清根据自己的多年工作经验，主动承担了三鸟联试试验任务，结合实际情况，加班加点通宵达旦地工作，绘制了规划蓝图，拟定了试验的三个阶段。第一阶段研制厂房互换设备和反射内存网，完成铁鸟、航电和铜鸟的弱电信号互联；第二阶段完成铜鸟、铁鸟和航电的强电信号互联；第三阶段完成三鸟集成试验。经过一年的联合调试，建成了三鸟联试平台，进行了4轮联试试验：首飞剖面起落模拟飞行试验，450米起落架模拟飞行试验，300米起落架模拟飞行试验，5000米高度单发失效、双发失效、大气数据失效、惯导系统失效等关键试验项目。后由廖军辉主任和戴烨飞团队长一起带领团队，运用系统工程理论和方法，深入开展工作，建成了更为简化的C919铁鸟平台，避免了此前ARJ21-700铁鸟平台上出现的问题。

C919铁鸟试验台创新地在建造上采用下沉式设计，前后分别布置了两个深约2米、用来放置起落架的"坑"，这样整个铁鸟的高度可以降低2米，不仅减轻了设计难度，增加了试验可操作性，还大大节约了所用型材，提高了铁鸟台的经济性。

"铁鸟从设计之初就在和时间赛跑，"廖军辉说，"国际上，一个新型号的铁鸟台一般在飞机首飞的前一年交付使用，如果我们等到飞机设计好了才开始铁鸟的设计，必然赶不上工作节点。因此，铁鸟台的研制必须是一项与飞机研制高度并行的工程，铁鸟台的研制之难也正在'并行'二字上。"作为铁鸟试验的综合负责人，他了解适航工作的核心作用和重要程度。试验过程中他一丝不苟，严格执行试验过程中的管理制度与标准，为C919后期适航工作提供了强有力的质量保障。

通过系统工程理论、并行设计理论等的讨论，他们解决了一个试验台上多系统协调匹配安装的问题，解决了多台套、多类型试验设备合理布置问题，解决了如何满足系统试验对铁鸟台架强度、刚度使用要求的问题，解决了试验件及试验设备如何易于维护、方便更换的诸多技术难点。

C919 铁鸟试验台安装了驾驶舱视景系统，还做了大量的技术革新和细节改进。比如说，C919 铁鸟试验台增加了隔音措施，提高了舒适度。

廖军辉作为 C919 飞机铁鸟综合试验的 II 级负责人，同时带领液压试验、起落架系统试验、刹车试验、高升力系统试验、主飞控系统综合试验、自动飞行试验共 6 个 III 级团队，有效协调了台架供应商、试验件供应商、关键试验设备供应商、中国民航局、上海飞机制造有限公司等各种资源的匹配与协作，保证铁鸟台架、结构试验件、系统功能件成功地安装调试，顺利完成了 2013 年铁鸟的开试任务。

2014 年至 2015 年是铁鸟综合试验最忙碌的年份，廖军辉主任带领团队，从铁鸟 21 套关键试验设备联合调试 24 份铁鸟电缆发图、34 束铁鸟电缆安装调试、系统试验件安装、系统试验件调试等，攻克了一系列难关，包括铁鸟接地、系统试验件上电、系统试验件接口调试、系统试验件进入正常模式的调试等一系列烦琐的任务难题。

2016 年铁鸟面临新的挑战，即控制频率响应试验、控制律时域响应试验、驾驶员在环试验，而这些闭环试验对试验环境的仿真模型和实时性提出了更高要求，也是铁鸟综合试验重点之一。廖军辉带领大家完成各种接口的检查，采用三角波和阶跃波，查找实时性差原因和替代方案。白天紧张工作，夜晚还要去医院照顾重病的父亲。最终他们成功完成控制律试验，使铁鸟综合试验成功迈上了一个新台阶。

2008 年 10 月谢殿煌从北京理工大学宇航学院博士毕业来到中国商飞上海飞机设计研究院，开始在 ARJ21-700 铁鸟综合试验室工作。他踏实吃苦，特别能奉献，主动参与 ARJ21 系列的主飞控系统铁鸟后续版本的试验，发现扰流板在不停振荡，需要铁鸟复现，但是复现过程中一直查找不到真实原因。这时候，他联想到以前专业知识中的关键方法，把采集频率从 200Hz 升至 800Hz，采样频率提高了 4 倍，这样采样点也多了 4 倍，最终参数显示出振荡现象了。事后他专门写了一篇分析报告，查找设计不合理的环节，并提出了改进方案，为大飞机研制做出了贡献。

之后，领导把"主控硬件仿真器"项目交给了谢殿煌，他十分珍惜这个机会，应用读博士时的知识进行软件编程和调试，不断请教前辈，不断梳理硬件接口和软件接口的系统架构，追溯了每一个参数的来源，深入吃透系统原理，也明白了系统交互的复杂结构，为后续工作奠定了基础。

其实谢博士所承担的电传飞控系统与大学所学专业没有直接联系，但他肯主动学习，努力提升自己，不断在新的挑战中探索求解，令飞控部赵京洲印象深刻，并建议他阅读飞行动力学的相关书籍，还送给他一本《飞行控制系统》。

谢博士善于学习，勤于学习，努力实践，托人从北航图书馆复印了一本《飞行动力学》，每天利用坐公交车的碎片时间阅读。

2010 年 4 月，正式参加 C919 的飞控试验后，他虚心向领导和其他部室同事请教，完成了飞控系统数字化的构思，提高了试飞安全性，增加仿真性的分析试验，提高地面的试验效率，光结构图就绘制了 21 张。

2011 年 6 月谢博士升任飞控综合试验室副主任，与廖军辉主任共同承担起 C919 飞机的飞控综合试验工作，负责研保条件试验设备的研制以及试验技术标准的制定与协调，将实验室工作做得有声有色。

在飞控铁鸟综合试验工作中，最重要的就是提出合理的试验需求，光 C919 飞机飞控系统铁鸟综合试验技术方案，谢殿煌就写了 200 多页，把试验需求充分验证，不断地与团队商讨并反复修改，最终完成了飞控系统铁鸟试验台综合技术方案。

三鸟联试就是按照飞机的真实构型状态，实现铁鸟、电鸟、铜鸟互联状态下的试验，实现电源、航电、飞控起落架、液压等系统的闭环试验。利用虚拟仿真模型模拟飞机各系统的虚拟状态，然后虚实结合模拟出 C919

的真实状态。

2016 年 5 月开始进行三鸟联试。由于前期规划原因，导致后期现有平台没有办法进行三鸟联试。对于工程设计而言，后期设计更改的难度不亚于重新设计一套试验系统。

三鸟互联方案是在航电驾驶舱控制铁鸟，铜鸟给航电和铁鸟供电。航电工程驾驶舱控制铁鸟，这中间最大障碍就是侧杆脚蹬 RVDT（旋转可变差动变压器）调试，这个接口信号看起来简单和普通。面对试验件紧张，厂房供应商旋即分析各个问题，没有发现问题存在。航电试验室许光磊主任、吴晨师傅、供应商 4 个人，加班到晚上 8 点，发现信号波形有问题，不能传递过去。在前一轮试验中，发现了供应商提供的接口与以前接口不一样。经过一番激烈的技术争论，经许光磊主任同意，现场修改接口，解决完该问题时，已经是午夜时分了，大伙饭也没有吃。

按照项目节点，2016 年 6 月 30 日，三鸟联试经过了前一个分阶段的调试，进行了第一个大综合：视景系统，互联网络系统，实时反射内存网，花了 4 个小时。进行大综合调试，发现工程驾驶舱信号脚蹬位置不对，勉强进行了第一次模拟飞行，发现了 12 个问题，这也是以前没有考虑到的。毕竟飞机系统之间比较复杂，三鸟联试试验在国内属首次。历经多年，有效完成了飞控、高升力、液压系统、起落架系统等单系统集成试验，液压、起落架、刹车、电源、航电系统交联试验，控制律试验等一系列试验，从本质上大大提高了飞机系统集成度和成熟度。

第十五章　隽永的"手模"

在采访时，中国商飞总装制造中心党委书记魏应彪给我展示了他手机里的一个特殊屏面，屏面上方是一架腾飞着的飞机，下面是由几个小方格拼接成的醒目"C919"字样。放大那一排排的小方格时，我才留意到，天啊，那是一个个或粗壮或纤长，抑或短小的真人手模拓印拼接的。整体手模的左下方镌刻着：这双手总装了中国第一架C919。与"C919"字样并排的"COMAC"右下方镌刻着每一双手的主人姓名、工号以及所在班组或部门。魏书记说："'手模'板还在不断增加，凡是参与过第一架C919大型客机总装的员工，一个也不漏下，都会被铭刻在历史中，铭刻在人们心里。这是一线员工用劳动铸造辉煌历史的最佳写照与纪念方式。日后，我们将永久保存，以示纪念。"

凝视手模，感慨万千。一双双一线员工的手，精心装配了上百万个零部件，精细敷设了40万米导线，精致装配了几千件高科技成品设备。

总装制造中心共有5000多名员工，每个人都有可书写的故事，虽然他们的成长经历和专业不同，但是他们的目标和心中的理想是相同的，那就是让中国大飞机早日翱翔在蓝天，用他们的双手实现这个梦。

我第一次看到手模，是在中国现代文学馆正门大厅，这里有巴金的手

中国商飞上海飞机制造有限公司

模，他的手掌和五个手指印深刻于模内，纹路清晰，走进馆内，如同与这位文学巨匠的精神在握手，让人感到既亲切又温暖。后来我曾在巴黎、佛罗伦萨以及我国香港的维多利亚湾畔的星光大道见过诸多明星的手模，也就司空见惯了，但是在总装制造中心见到的"手模"却深深地震撼着我的心，他们秉承了"大国工匠"的精神，书写了中国工业历史中最辉煌的篇章，他们兢兢业业，汗水多少次浸透衣衫，夜晚多少次为制造绞尽脑汁，然而没有一个人放弃，没有任何人退缩，总装的厂房时常灯火通明，一双双充满力量的手，夜以继日地为实现几代航空人的梦想而不懈奋斗。

　　魏应彪书记除了去总部和市里开会（他是上海市党代会代表），大部分时间都在总装一线，祝桥和大场两边跑，中心5000多名员工、400多个班组，他能叫出每个班组组长的名字，知道他们手中活儿的进度。他经常在下班后到总装和部装走一走、看一看。火热的劳动场面让他感动。谁无父亲母亲？谁无爱人儿女？谁不想八小时以外在灯光璀璨的南京路上漫步？谁不想在迷人的外滩流连？谁不想和亲朋好友欢快地共进晚餐？谁不想给爱人儿女多些陪伴？但是，总装一线的员工舍弃与亲人挚友的温暖时光，把心中最珍贵最质朴的爱倾注在制造大飞机的双手上，没有豪言壮语，没有空谈大话，只有默默的付出、赤诚的奉献。

魏应彪书记是中央企业优秀党务工作者，中国商飞成立之初就来到公司，总部机关的工作经历让他切身感到"责任"这两个字的分量，到总装制造中心挑起党委书记的担子后，他更进一步感到"担子"这两个字的"千斤重"，他的座右铭是"在其位谋其政，不为做官，为做事"，要让埋头苦干造大飞机的人与大型客机 C919 一起耀眼夺目。他特别强调党支部工作"六个一口清"，即清理念和思路、清载体和抓手、清亮点和成效、清先进人物和典型事迹、清问题和短板、清改进措施和努力方向；还特别强调党支部工作要见人见事见精神，而且，每个支部都要找准自己的短板和薄弱环节，找准努力的方向和改进措施。

高级技师胡双钱获"大国工匠"、全国劳动模范称号，上了中央电视台《新闻联播》头条，全公司掀起学习劳模精益求精制造大飞机的热潮。接着，造出大飞机精美弧线的中国商飞第二位"大国工匠"王伟亮相央视，让全国人民进一步了解熟悉 C919，进一步认识造大飞机的人。C919的许多重要进程节点，中央电视台都有及时的报道，春节、五一节等喜庆之日，大飞机人也有缘登台亮相。这是最好的思想工作，有巨大的感召力和影响力，其间，魏应彪书记倾注了心力和智慧。

上海市五一劳动奖章获得者、C919 事业部总装车间副主任孟见新接受我的采访时说："总装大飞机是吃苦受累的活儿。我们做出的每一点成绩，领导们都看到了，特别给我们上央视的机会，我们很感动。我女儿本来可以在上海市找一个轻松的工作，结果还是跟我一块儿工作了。不知道怎么叫央视抓个'典型'，我们父女都上新闻频道节目了，亲戚朋友都看到了，也为我们高兴。"

"看到电视上央视记者采访我们的画面，不敢相信，这是做梦都想不到的事。"班组长孟祺菁激动地对我说，"不光我上了电视，我们班组的人都上了电视，我们总装制造中心许多员工也上过电视。家人知道我们去造C919大飞机，都很理解支持我们的工作。我小孩也说，我爸爸是造大飞机的，我长大也造大飞机。小家伙显得十分自豪。"

C919大型客机总装制造中心一线工人

C919 大型客机总装制造中心一线工人

"要让总装一线的员工像明星一样耀眼。"在魏应彪书记的提议和组织下，总装制造中心面向一线员工开展了一系列活动。企业文化部编辑了大型画册《圆梦征程》，用大量图片展现了 C919 大型客机总装制造一线的动人场景和一线员工的风采。原本一片空白的办公楼高大圆柱挂上了"大国工匠"和一线班组的"全家福"，一线员工登上了荣誉柱，员工们豪气飒爽、刚毅自信，背后是他们用汗水总装制造的 C919 大型客机。

第十六章　匠心筑梦

　　初次见到总装制造中心沈卫国总经理，是在公司组织离退休同志举办"走进大飞机"的活动中，沈总忙前忙后，一脸喜悦。他对总装制造中心太熟了，讲话时没有念秘书写的文稿，介绍 C919 总装情况如数家珍。在总装、部装现场，他边搀扶着一位 80 多岁的老同志，边热心大声地介绍情况，讲解国际一流的工装设备，介绍工匠精神的薪火传承。2008 年，沈卫国从航天领域来到中国商飞，带来了航天精神、航天品格，他念念不忘，多次讲在甘肃酒泉基地亲历第一位航天员杨利伟飞向太空的激动场面。他讲家乡崇明的航海家和历史文化名人的故事，还经常讲自己曾有过的飞向太空、驶向海洋、飞上蓝天的梦想。沈卫国最佩服的人是"大国工匠"、全国劳动模范胡双钱，胡师傅三十多年加工零件几十万个，没有出现一件次品。沈卫国说："制造大飞机要现代化、自动化设备，但是也离不开手工活儿。波音和空客也保留着许多独当一面的工匠，而我们的工匠越来越少，应该向这些技艺高超的师傅学习，恭恭敬敬拜'大国工匠'为师，传承匠心精神，造好大飞机。"

　　在人与飞机的关系之间，人是重要因素，匠心铸就梦想。

　　工匠精神在总装制造中心蔚然成风，能工巧匠层出不穷，电缆之星、支架之星、导管之星、工艺之星、测量之星、检验之星、装配之星等月月涌现。

C919 大型客机总装最前沿的新一代产业工人，用智慧的双手、勤劳的双手、灵巧的双手、自信的双手打造精品，向国家上交忠诚的答卷，实现航空梦、中国梦。这里介绍 3 位"大师"的故事，他们是中国商飞总装制造中心的杰出代表：胡双钱、王伟、孟见新。

在数控机加车间里，一眼就能认出这个传奇的缔造者——中国商飞总装制造中心高级技师胡双钱。画线，钻孔，打磨……胡双钱头戴护目镜，身着印有"中国商飞"字样的蓝色工作衣，被淡金水染得微微发紫的双手紧握着锉刀反复打磨——这动作，他重复了 30 多年。从 20 世纪 80 年代初

匠心筑梦

刚进厂时，那个看着运-10起飞的懵懂青年，到如今参与C919大飞机制造的白发长者，胡双钱将自己的青春年华都献给了中国的民机制造事业。

1980年，从小就喜欢飞机的胡双钱进入当时的上海飞机制造厂，亲身参与并见证了中国人在民用航空领域的第一次尝试——运-10飞机研制和首飞。那一刻他强烈感受到"造飞机是一件很神圣的事"。然而20世纪80年代运-10项目下马了，原本聚集了各路中国航空制造精英的工厂转眼间冷清了下来，争抢这些飞机技师的公司专车甚至开到了工厂门口，面对私营企业老板开出的优厚工资，胡双钱谢绝了。选择留下后，胡双钱与同事一起陆续参与了中美合作组装麦道飞机和波音、空客飞机零部件的转包生产，并抓住这些机遇练就了技术上的过硬本领。20多年后，当我国启动ARJ21新支线飞机和大型客机研制项目后，胡双钱几十年的积累和沉淀终于有了用武之地。他先后高精度、高效率地完成了ARJ21新支线飞机起落架钛合金作动筒接头特制件、C919大型客机首架机壁板长桁对接接头特制件等加工任务。他还发明了"反向验证"等一系列独特工作方法，确保每一个零件、每一个步骤都不出差错。

"每个零件都关系着乘客的生命安全。确保质量，是我最大的职责。"这是他坚持的价值观。

中国自主制造的新一代大型喷气式客机C919的舱门下部，留下一道精美的弧线，全靠钣金工完成。中机身货舱门蒙皮的弧面公差要求在0.25毫米以内，再先进的机械加工也望尘莫及，唯用手工，美国的波音、欧洲的空客飞机的舱门都是如此，而在C919，这道工序是由钣金工王伟完成的。

全国劳模、"大国工匠"胡双钱和"大国工匠"王伟，分别受邀到华中科技大学和清华大学传授"工匠精神"。他们总是谦虚地说，是大飞机事业给了他们荣耀，只要脚踏实地劳动，在平凡的岗位上也能创造价值，也能获得荣誉，也能赢得尊重。

每一个春节孟见新都是在忙碌中度过，他身兼数职，白天在一线组织工人进行大部段模拟装配过程的学习，晚上联手制造工程部同事编写工艺文件。很多负责编写飞机制造工艺文件的年轻技术人员仅有理论知识，涉及实际装配的经验比较缺乏，需要老一辈的航空人在一旁指导，才能形成理论结合实践、可靠的工艺装配手册。孟见新依靠对麦道项目工艺规范和管理体系的熟知及飞机制造、维修的丰富经验的积累，参与制定了 ARJ21-700 和 C919 大型客机的装配大纲。工装如何设计，零件如何加工，装配余量如何放置，孟见新都提出了明确的要求，这些装配大纲后来直接应用于 C919 大型客机项目中。

C919 总装生产线引进了国外工装设备，测试方法新颖。这些设备使用的是大量钛合金、铝锂合金和复合材料，这对孟见新的总装团队来说，遇到了挑战，特别是铆装新材料的难度加大，在力学性能上构造复杂，硬度大的材料需要重新设定钻头的种类、转速以及力度方向等，工期又紧，孟见新带领员工吃在现场，累了回到宿舍眯一会儿，醒了继续干，有几天连续干到天亮。

2016 年 6 月到 7 月，C919 首架机全机通电迫在眉睫，部装车间抽调了 20 人左右的技术骨干组成攻关队支援总装的装配任务，主要负责机翼等部位的支架、壁板等安装工作。孟见新连着几个月在总装 101 架机和 01 架静力机试验现场两头跑，盯着进度，与现场的技工们一起干活，和大家一起加班。一天无数个来回使他脚底的小囊肿被压迫而红肿发炎，为不耽误工作，他想了个"歪主意"，在鞋底切了个洞，这样就不疼了，也不会磨脚，然而还是被公司领导知道了，公司领导劝他尽早就医，孟见新却说："节点完成，我就去。"

对于年轻技工在工作中的经验和操作技能不足，孟见新都是亲自上阵指导和操作，帮助解决问题。有一次质量部门反馈，飞机左翼第九个口盖内的密封胶有问题，不能正确闭合。机翼的油箱口盖高度较低，空间狭小，他歪着头探进口盖中，眼睛一直紧盯操作部位，一手拿灯，一手拿着工具，独自操作了十几分钟，终于把封胶问题解决了。之后质检人员对改善后的工作大加称赞。

孟见新说："累是真累，但是我没觉得辛苦，站到工位上就忘了时间，躺到床上才觉得身体酸痛。"就是这样，孟见新带领攻关团队把任务一点点扛下来，把硬骨头一点点啃下来，保质保量完成了重大节点攻坚任务。

老孟的大飞机梦也在女儿身上延续着。2008 年，孟见新的女儿孟文艳也加入了大飞机事业。虽然都在一个厂区，但因为各忙各的工作，父女二人基本见不上面。

孟见新接受我采访时表示，虽然很辛苦，但也很开心："我们做出的每一分成绩领导们都看到了，特别给我们上央视的机会，这是以前从来没想到过的，党和国家对我们的每一分努力都如此重视，而我的女儿也随我做了这一份充满民族自豪感的工作，作为一个老党员我倍感荣耀。亲朋好友也为我们高兴。这次我被评为首届十大'上飞工匠'之一，我和我的团队成员都倍感激动，我们因为大飞机相聚，因祖国的重任而发挥我们的才华，这份珍贵的积累是祖国给我的最好的礼物。"

第十七章　快速响应大厅

　　"客服中心"作为产品售后向客户提供服务的机构，在百姓的生活中，已经屡见不鲜了。提到"客服中心"，人们会想到各类商品的售后服务，想到家用电器、小区物业的维修服务，人们遇到问题后会马上想到给"客服中心"打电话。

　　也许有人会问："在客服中心工作的女生大都是话务员吧？她们一天要接多少电话啊？"有些行业的"客服中心"可能是这样的，但是，作为民机主制造商的中国商飞"客服中心"就非同一般啦。

　　我在采访 C919 大型客机期间，走进了位于上海闵行紫竹科学园区的中国商飞公司所属的上海飞机客户服务有限公司（简称中国商飞客服中心）。不看不知道，一看吓一跳。中国商飞客服中心不是简单的接电话，也不是单一地为飞机交付航空公司运营后提供材料供应保障。他们首先给我一个全新的理念：服务同飞机一样，都是产品，也是商品。

　　客服中心所提供的民机客户服务，并不是简单意义的售后服务，它贯穿了飞机全寿命的各个阶段，包括研发设计、总装制造、试飞取证、交付使用等。客服中心/客户服务是飞机研制不可或缺的组成部分，是实施飞机运行支持的主要载体，它的目标是保证飞机的持续适航能力，降低飞机

中国商飞客服中心

的运营成本，提升飞机的利用率。中国商飞客服中心承担着建立健全飞机运行支持体系，与C919大型客机研制同步运行，完成C919客户服务产品的研制，为国内外客户提供运行的全方位支持和服务，保障飞机商业运营正常。

客服中心办公室刘彤和党群工作部陈田桃在首飞结束后带我参观了目前国内唯一一家民机运行支持的快速响应中心，让我大开眼界。里面与试飞中心的飞行指挥监控大厅一样高大宽敞明亮，如同一个大型演出剧场，正前方的巨大屏幕分别显示着快速响应中心日常工作的主要业务系统和业务处理进展情况。其中，巨大屏幕的右边部分显示的是快速响应系统，该系统是用于接收和处理客户服务请求的工作平台。航空公司在任何时段都可以通过电话、电子邮件、传真以及CIS（中国商飞的数字化客户平台）等多种渠道向客服中心提出服务请求，快速响应中心值班人员会在接收到客户请求的第一时间对客户的请求做优先级别的分类并进行处理。大厅设置了48个座席，包括快速响应、飞行运行、维修、航材、设计、制造等各专业工程师，可以同时集成组织中国商飞公司各单位的各种资源处理客户请求。巨大屏幕的左侧部分显示的是飞机实时监控与故障诊断系统。这个系统通过空地数据链路，以传递报文的方式，在飞机飞行过程中就能实时获取飞机的状态参数和故障信息。飞机在空中出现故障时，通过飞机实时监控与故障诊断系统，工程师能够迅速组织开展故障分析，做好技术方案、维修工具设备、航材备件及维修人员的准备工作，可以极大地减少飞机在机场停场维护修理的时间，提高效率。同时，这种实时报文数据的获取和分析，也成为主制造商中国商飞获取飞机运行数据、改进飞机设计的重要方式。

ARJ21-700自2016年6月28日正式投入航线商业运营以来，快速响应中心的实时监控与故障诊断系统对每一个航班都实施实时监控，及时准确地监控飞机的飞行位置和飞机各种状态的参数，对飞机的安全顺利运行提供了全方位的服务支持。

采访客服中心徐庆宏总经理时，他让我看他的手机屏幕，进一步解释道，公司领导和相关人员通过手机可以即刻看到飞机准确的飞行位置和状态参数。徐总边向我解释边让我看，手机屏幕上显示的飞机的位置，飞行的高度、速度及载重、油量等数据一目了然，清清楚楚，简直太神奇了。

徐总说，我们民机运行支持的快速响应中心目前是国内第一家，由国内开发，拥有自主知识产权。国外的大型客机制造商已经有类似的监控系统了，非常保密，但主动要求与我们展开合作。

在C919研制阶段，客服中心代表客户（航空公司）提出各项与运行、维修等相关的需求，并在整个研制阶段对C919设计进行分析、监控和反馈，以确保客户需求得到满足。主制造商的产品有两个，一个是"飞机"，另一个是"服务"。"服务"产品的研制和验证包括快速响应中心、地面支援设备、培训、维修网络、航材支持和技术出版物等。

飞机交付客户时，主制造商通过交付上述一系列客服产品，结合快速响应与工程技术支持服务，从而让客户正常运营飞机产品，通过全程监控飞机飞行状态，持续地对运营数据进行分析与改进，以优化飞机产品和客户服务产品。满足客户需求，建立健全客户支援网络，不断改进和优化，提高飞机利用率。

贺东风在一次论坛讲话中说，实现飞机安全运营、顺畅运营，让飞机为客户（航空公司）不断创造价值，是中国商飞公司的不懈追求，中国商飞公司坚持以客户为中心，以问题为导向，不断深化与客户的理念、组织、体系、流程、工具方法对接，进一步打造运行支持体系，提升现场支援能力。

中国商飞客服公司快速响应中心负责在飞机全寿命期内快速响应并处理来自客户的各类需求，为恢复或保持飞机安全运行和持续适航状态提供支持和帮助，是向客户提供技术支援的一站式服务窗口，承担着信息交互、技术处理、后台资源调度等任务，向客户提供7×24小时全天候快速响应服务，提供解决方案。同时，快速响应中心承担着健康管理职责，为客户提供完整的飞机健康管理技术解决方案，通过使用"实时监控""远程诊脉"的技术手段，对机队运行提供主动的健康管理，提高飞机运行安全与效益。

快速响应中心安排各专业工程师7×24小时值班"坐诊"，接受并处理来自客户的"急诊救治"和"门诊"问题，及时向客户发布解决方案。对外，快速响应中心随时准备接收客户通过电话、邮件、传真、数字化客户服务平台等渠道提出的服务请求，第一时间对客户的支援请求进行分类处理。对内，快速响应中心建立了技术支援快速响应工作机制，参与者涵盖各专业值班工程师、值班长、客服公司领导和中层干部等，形成了分层次分级别的响应支援责任制。同时，与上海飞机设计研究院、上海飞机制造有限公司建立了顺畅的响应支援内部工作接口，针对复杂技术问题能够有效对接中国商飞公司内部技术资源，促使复杂技术问题得到有效解决。

面对客户在运营过程中遇到的飞机停场等紧急问题，快速响应中心负责牵头提供"急诊救治"服务。飞机停场状态是飞机因发生影响后续飞行的故障或损伤导致不能正常执行航班，也不能立即修复，只能停飞等待维修的状态，会导致航班延误或取消。飞机停场会给航空公司带来重大压力和难以预计的损失，也向主制造商提出了最高级别的技术支援要求。快速响应中心正是基于可能出现的这种特殊情况，建立了飞机停场支援小组，以便在客户发送飞机停场信息时可以迅速编制支援工作预案，及时提供现场紧急技术支援。

经历 ARJ21-700 飞机试飞取证过程中的磨合优化和交付运营后的实际检验，快速响应中心支援工作程序得到验证，并日趋完善，做好了为 C919 大型客机提供"门诊诊断"和"急诊救治"的准备，形成飞机运行实时监控能力和健康状态大数据分析能力，为飞机"远程诊脉"。民用飞机健康管理是当前国际一流民用主制造商重点发展的数字化运营支持技术和增值服务，是提升航空运输安全性和经济性的重要手段。快速响应中心建成了飞机实时监控系统，能够在飞机飞行过程中远程实时获取飞机数据，给飞机"远程诊脉"。同时，建成了上海民用飞机健康监控工程技术研究中心，作为科创平台，研究开发飞机运行大数据分析技术，实现对健康状态的趋势预判和全寿命周期过程控制，逐步实现不局限于"治病"，而是加强"预防"的目的。

通过对飞机实时监控与远程诊断，确保飞机运行安全。实时监控系统时刻监控着飞机运行中的各项参数和故障信息，即各项"健康指标"，一旦某个"健康指标"告警，即使飞机还在飞行，也会通过空地数据系统实时将该项数据传输至地面实时监控系统，值班工程技术人员和专家会马上对此"健康问题"进行评估、诊断，并做好维护所需的准备，以便飞机落地后第一时间进行维修维护。飞机远在天边，专家却如近在身旁，从而做到有效地全程保障飞机飞行安全。

第十八章　打造一流的客服中心

在中国商飞上海飞机客户服务中心采访，每一位受访者都谈到这样两句话"在探索中发展，在创新中超越"，它对员工起着潜移默化的激励作用，客服中心从成立的那一天起，就制定了目标：建立国际一流的航空服务体系，创建国际一流的航空客服企业。10年磨砺，10年奋斗，客服中心在国际化的建设中取得了硕果。

C919大型客机已经腾飞，客户服务也成了一大亮点。客服中心上下一心，努力践行着"在探索中发展，在创新中超越"的理念。这一理念的总结提出者是客服中心总经理徐庆宏博士。徐总自1983年从南京航空学院飞机制造专业毕业后，一直在民机的设计、制造、市场、管理和客服一线工作，迄今整整34年了，他的人生足迹和工作经历就是一部民机客服的发展史。

那是一个桃李芬芳的季节，徐庆宏怀揣着大红毕业证书走进了上海飞机设计研究所。看到试验试飞中的运-10飞机，他心情格外激动，远远见到拖着被肝病折磨的身体仍坚持在现场的总设计师马凤山，静静地投去崇敬的目光，与运-10试飞跟产现场的工程师一起在工作台上校验测量部件，运-10有徐庆宏的辛勤汗水，有他的青春印痕。

在与美国麦道公司合作组装 MD-82 的日子里，他西装革履，担任重要的翻译工作。不久，他又到 MD-90 现场指挥部，挑起了综合协调的管理重担。

20 世纪 90 年代初期，他赴美国西雅图，在波音公司学习，成功设计了垂尾上的复合材料天线等部件。身在异国航空城，却一直做着中国的大飞机梦。学习归来，当时国家没有民机型号，还好，厂里承接了一单波音转包生产 1500 架波音 737 平尾的任务，已是上海飞机制造厂总工程师助理的他大显了一把身手，开始无纸化设计，配置了数控机床、激光定位仪，成功试制首架无纸化设计制造的 B737-NG 平尾。这个经历让他一直难以忘怀，每当出差乘坐波音 737 飞机，他都会注目凝视一会儿飞机平尾，那上面有他的智慧，有他的贡献。

2003 年，徐庆宏从上海航空集团企业管理的副总经理岗位调到当时的中航商飞，任副总经理，主抓客户服务，时任总经理的汤小平提出著名的"市场观，客户观"，阐明 ARJ21-700 一定要经过市场检验，要倾听客户意见。

2004 年春，中航商飞成立了一个部门——客户服务部。干什么？不知道。从何做起？看资料。怎样建立服务？体系是什么？不知道。波音有客服系统，空客也有全球服务网络，但是他们的规范标准不会告诉我们。好在徐庆宏有设计、制造、市场的经历，又去波音公司学习过，他在探索中发展，在创新中超越，带领一班人深入航空公司了解服务需求，逐步建立了服务体系。

2007 年底经过在昆山、吴淞、临港、闵行紫竹多方考察选址，最后在上海市发改委支持下，他们在闵行紫竹国家高新区置地 188 亩，建设客服一期工程。

2008 年 6 月 12 日，中国商飞公司正式成立客户中心筹备组，全面启动客服公司组建工作。这是我国民机制造商高度重视客户服务在确保民机产业商业成功中的战略作用，真正将"以客户为中心"理念付诸实施的重大举措。徐庆宏成为这次历史性跨越的见证者和参与者，被任命为客服中心筹备组组长。

接受任命当天，金壮龙在和徐庆宏的任前谈话中这样说道："这是一个创造性的工作，是填补国内民机客户服务空白的重要标志。"徐庆宏至今对这几个字记忆犹新，回想起来，正是领导的讲话点燃了他的热情，涌上心头的神圣感和使命感让他重回青年时代那种激情燃烧的岁月。而后四个多月的工作强度超过他以往工作生涯的任何一个时刻，但直到今天回想起当时那段"激情燃烧的岁月"，他仍然感怀良多。

8月29日，中国商飞公司对组建上海飞机客户服务有限公司有关问题予以文件批复。拿到批复，等待徐庆宏和同事们的是更为繁忙的工商注册环节。往常需要3个月的工作，神奇般地在1个月内完成，当国庆节前拿到工商注册证的一刹那，徐庆宏和同志们百感交集，喜不自胜。

2008年10月7日，客服公司迎来了成立大会。金壮龙同志在客服公司成立时曾对媒体表示：中国民机工业要实现产业化发展，需要的不仅仅是技术，更重要的是要通过市场手段建立起一个完整的产业体系，即市场体系、研制体系和客户服务体系。我国航空工业初步建立了研制体系，想要持续健康发展，构建完整的民机工业体系所要建立的客户服务体系还存在空白，组建客服公司就在于填补这一空白。

在波音、空客等主流制造商垄断的民机市场，摆在中国商飞客服公司面前的是一次高起点、高标准、高挑战的艰巨征程。客服公司诞生之日便被拉上了奥林匹克竞技场，要在这个领域有所建树，挑战巨大，只有脚踏实地提升民机客服能力，一切光荣与梦想才有实现的可能。

经过磨炼摔打，徐庆宏的客户服务理念牢固地建立起来了，一整套发展思路和远景构想逐步成熟，就是要打造国际一流的航空客户服务中心，满足ARJ21-700新支线飞机和C919大型客机的全方位市场需求和运营支持体系，建立起国内外先进的服务网络，统筹好与航空公司、中国民航局的关系，建立健全与中国商飞内部研发、制造、试飞中心以及国内外供应商的协调机制；重点加强客户培训、航材支援、维修改装与快速响应、技术出版物全寿命服务、市场与客户支援、飞行运行支援等核心业务能力建设。

熟悉徐庆宏的人都知道他是个拼命三郎型的人物，筹备和组建客服公司那段时间，徐庆宏工作起来没日没夜。一路走来，9 年过去了，中国商飞客户服务中心在徐庆宏带领下，向着国际一流的目标挺进，在 C919 大型客机首飞前，为机组培训、飞行操作手册编制、地面支援设备研制等方面做了大量卓有成效的工作，"服务"与飞机一样是主制造商的产品，发出了优质的光芒。

马小骏副总经理是客服中心 C919 大型客机服务项目的具体负责人，他向我介绍了"服务"与 C919 大型客机的关系，介绍了为保障 C919 大型客机首飞，客服中心做出的"服务"工作。确实要改变一个观点，飞机是商品、是产品，"服务"也是商品、是产品，主制造商要同时出两种商品、两个产品，即飞机与服务。服务不在售后，两者同时开始研制。

早在 C919 大型客机初步设计阶段，客户服务中心的"服务"工作就开始了，马小骏带领一干人马，北上南下，四处奔波，走访了中国国际航空公司、南方航空公司、东方航空公司等七大骨干航空公司及其维修企业，还走访了几个地方航空公司，充分了解客户对 C919 大型客机的服务需求。这个走访和调研是做好"服务"的基础，清楚了客户对培训、维修、航材、出版物、运营支持的需求，列出了 200 多项服务清单，梳理了 7 项关键技术，做了顶层设计，在咨询公司的帮助下进行了国际一流的整体体系建构，招聘优秀大学生入职，应用数字技术，开发系统软件，取得了 6 大成果。马小骏介绍说，C919 的技术出版物目前规划有 5 类 39 种，比如飞机维修手册等的维修程序类，飞行机组操作手册等的运行程序类，飞机图解零件目录等的构型程序类，维修计划文件等的维修要求类和标准手册，等等。C919 技术出版物不是传统的一套书，而是采用先进国际标准，基于数据模块编制的交互式技术出版物系统，出版物量大繁杂，数据之间关联强，需要建立规模数据库，不断更改，不断完善。

马小骏还介绍说，飞机健康管理是个大课题，要进一步对飞机各个系统进行寿命预测，建立大数据库，监控各个系统的运行状态，发现损坏，及时诊断处理，达到预测维护维修、延长飞机寿命的目的。这个信息平台的建立，需要采集飞机大量技术参数、性能参数和故障参数。

最后，马小骏兴奋地说道，国家工信部十分重视民机运营支持的建设工作，将运营支持作为一个专业，进行科研规划，加大支持力度。他本人是民机科研"十二五""十三五"运营支持专业规划组组长。

中国商飞公司作为大型客机主制造商，研制 C919 大型客机长远目标是要追求市场和商业成功。实现研制成功只是阶段性成功，飞机经过立项论证、可行性论证、预发展、工程发展、批生产和产业化阶段，按照国际标准取得适航证。实现市场和商业成功分两个阶段——首先是通过产品客户服务体系的建设，加强市场营销，订单总数达到盈亏平衡点；其后飞机航线运行良好，打通批生产线，达到稳定的量产，后续产品不断满足市场需求，市场覆盖率、占有率不断扩大，主制造商实现盈利。C919 飞机要实现"三大成功"，必须坚持"以市场需求为导向，以客户满意为宗旨"的市场观、客户观，建立完善的飞机运行支持体系，保障客户飞机的高效运行。

客户服务中心是核心功能中心（设计研发，总装制造，客户服务，民机试飞）之一，主要承担的任务是建立健全民机运行支持体系。

什么是运行支持体系？一种全新型号飞机首次投入商业运行时，制造厂家的运行支持是飞机顺利投入运行的基本保证。建立运行支持体系是航空器型号合格证持有人的基本责任，目的是保证航空器在符合适航标准的基础上，还能够达到型号设计符合预期的运行环境和运行管理要求，确保民用飞机满足民航局的运行要求和客户需求，为航空器运营人或所有人的训练、维修、航材、地面设备等方面提供基本保证，并在全部使用周期内采取必要的持续改进。

主制造商运行支持体系应包括组织体系：以客户服务部门为主，通过管理和组织手段保证总部、设计、制造、试飞等部门承担应有的职责。人员体系：配备必要的关键人员队伍，包括飞行技术人员、维修工程师、航材管理、各类教员、模拟机维护等专业人员。流程体系：以管理手册的形式规定运行支持体系各项任务相关的职责、工作要求和规范在机型全寿命周期的落实，并实现规范化管理。

运行支持体系的基本任务包括：在航空器设计上充分考虑运行的需求，包括符合飞行规章的要求，适合预期使用环境，能有效控制使用和维修成本等需求。

为航空器运营人或所有人的各类专业人员包括飞行员、维修员、客舱人员、运行控制人员提供必需的培训，并提供及时的修订服务以及必需的维修支持，包括定期检修和部件维修、航材和地面设备供应、工程技术支援，并符合民航局相应的合格审定要求。

建立全面的使用信息收集和处理流程，了解航空器的使用情况，高效解决航空器运营人或所有人反馈的问题，并做出及时响应。提供必要的交付和运行支持服务，协助航空器顺利投入运行。

为规模较小的航空器运营人或所有人提供必要的特殊支持和服务，保证航空器的持续运行。

中国商飞公司建立运行支持体系，旨在支持飞机交付、运行并在全寿命周期内持续满足运行规章要求和客户需求，为航空器运行人或所有人的训练、维修、航材、地面设备等方面提供基本保证，并在全寿命期内采取必要的持续改进。经过9年努力，现型号运行支持体系已基本建立，覆盖了全部 22 个业务流程，基本形成了飞行、维修、运行支援、技术出版物等专业技术能力，组建了一支 900 多人的客户服务专业人才队伍，并经受了已投入商业运营的 ARJ21-700 航线运行的锻炼和考验。

在保障 C919 首飞中，客服公司正在逐步建立健全的民机运行支持体系发挥了重要作用。根据"C919 首飞会战"的作战部署，客服公司始终坚持"一切为了首飞，一切围绕首飞，一切服务首飞"，围绕"完成首飞手册发布，完成首飞机组、机务的机型培训及部分专项培训，完成试飞维修要求编制，完成首飞用地面支援设备研制及功能验证，确保使用和维护的资料、设备设施完整，各类人员培训到位，为首飞提供有效保障"的目标，开展培训工程、技术出版物、维修工程以及地面支援设备四个专业的工作，全力保障 C919 首飞。

首飞试飞飞行员飞行经验丰富，是国内极为优秀的飞行员。但是，熟悉一个新机型并且熟练操作它，并不是一件容易的事情——培训工程团队和产品团队联合承担了这一职责。客服公司对首飞机组培训非常慎重，在进行首次培训之前。他们已经准备了一年之久。所谓"兵马未动，粮草先行"，教学大纲、教员、教材、设备设施等是培训必需的组成要素。如何在一年时间之内打造出优良的教材、高质的教员是一件非常具有挑战性的工作。因为飞行类培训对安全的要求近乎苛刻，教员课堂上讲的某一句话甚至就直接关乎生命。教员的每一句话，课件的每一个页面，教材的每一个字都必须经过无数次的反复斟酌。

为了提高教员的能力，培训工程团队经过研究，成立了由产品开发团队与客服工程团队组成的联合教员团队。他们一起备课，一起试讲，为了一个数据"八方求援"，为了一个插图反复核实——两个团队之间的友谊在工作中日渐深化，成为不可分割的有机体。在航电试验台进行实操培训时，首飞机组成员对系统与系统间关系的关注比较多，因此在讲解一个系统时需相关系统的兼职教员（产品团队成员）都在场支持。培训工程团队的协调人员只要一个电话，所有教员都在第一时间到达现场进行支援。

众所周知，首飞当日的天气不算特别好——云层厚而低。飞机在进近阶段时，以目视方式降落，机组飞到较低高度才能看见跑道。在此阶段，机组成员赖以凭借的便是手册。具体来讲，指的是飞机飞行手册中的系统说明卷。而其编写者，就是客服公司技术出版物部。首飞构型系统描述被首飞机组直接使用，这是客服公司第一次独立承担编制首飞工作直接依据文件，意义重大。

首飞用技术出版物编制难度在于保持手册与飞机实际状态的一致性。一般而言，飞机取得型号合格证之前，构型一直处于变化之中。为了跟踪到最新的构型状态，技术出版物编制团队与上飞院设计人员建立"一对一"对接机制、深入一线跟产跟试、参与首飞技术交底会。首飞前，设计人员为保障首飞作最后冲刺，常常无暇将最新的构型更改告知手册编写人员。手册编写人员主动出击，不厌其烦地追踪设计，反复核实。

首飞机组作为第一用户，他们的意见备受重视，飞行类手册编写团队也同他们建立了良好的对接关系。每次的航后会上，试飞员与试飞工程师都会同手册团队沟通，甚至蔡俊机长也会直接通过电话和微信的方式向手册人员反馈问题和建议。

众所周知，当飞机交付到航空公司以后，所有的维修都必须依照交付给航空公司的手册来执行。那么，试飞期间的维修依据是什么呢？答案便是试飞维修要求和试飞维修程序。试飞维修要求是 C919 试飞机试飞期间进行维修活动的顶层指导文件。试飞维修要求由客服公司维修工程部负责，在 C919 试飞机完成总装测试移交试飞中心后，作为试飞中心进行维修的指导文件；在试飞机转场试飞院后，作为试飞院的维修指导文件。试飞维修程序以试飞维修要求为依据，详细写明执行某一维修操作所需要的航材、工具和人（资质、数量）等。

编制试飞维修要求和维修程序，涉及专业多，项目庞杂，工作量巨大。维修工程部多次就技术问题和上飞院各专业技术工程师进行对接，经常通过电话、邮件、会议等多种形式进行技术讨论和技术细节确认。这支队伍虽然年纪轻，但是工作起来毫不含糊，对维修要求/维修程序的细节把控十分精细。完备、适用的地面支援设备是保障飞机顺利运营和维护的重要前提；相应地，在首飞/试飞阶段，高效、完备的地面支援设备大大提高了试飞效率，降低试飞成本，保障试飞工作顺利开展。

地面支援设备团队设计人员与上飞院设计人员建立了一对一的联络关系，在飞机型号研制的全过程中始终保持高度密切的合作。在祝桥总装中心总能看到地面支援设备团队成员的身影。首飞前2个月内他们就处理、解决了设备故障、维修更换、持续改进等问题20余项。

培训工程是中国商飞公司客服中心的重要工作之一，C919大型客机和ARJ21-700新支线飞机的试飞员/试飞工程师等均在客服中心接受过培训。

2016年盛夏的一天，我到培训中心采访，副总飞行师陈志远身着整洁

陈志远在ARJ21模拟机上进行教学

的飞行制服、佩戴四道杠的教员机长肩章迎接，为了给我直观的现场感，他介绍说："这是中国商飞公司与加拿大 CAE 公司联合研制的世界第一台 ARJ21-700 飞机全动飞行模拟机，具有世界一流的飞机模拟机技术，与波音 787 飞机全动飞行模拟机使用同一研制平台。"

模拟机整体由模拟驾驶舱、运动系统与控制载荷系统、视景系统、计算机系统及教员控制台等五大部分组成。无须上天，飞行员在这里通过全动飞行模拟器的培训，同在空中飞行的感觉一样。做正常飞行程序的训练，可以真实地模拟飞机在起飞、爬升、巡航、下降、进近、降落等过程中的所有状况。模拟机设计了许多故障科目，训练飞行员果断正确的处理技能。

我坐在驾驶舱机长的座位上，在陈总指导下，做了一次从浦东机场起飞，到首都机场着陆的驾机训练，窗外视景系统真实显现了飞行情景，有一种十分神奇的飞翔快感，切实感到：当一名飞行员不容易，做一名国产大飞机的试飞员更不容易，飞行员是蓝天骄子，试飞员是骄子当中的佼佼者。陈总说："试飞员要有严格的硬性条件：年龄在 35 岁以下，航线飞行7000 小时以上，教员机上飞行 3000 小时以上，还要有较高的航空英语水平等。选拔合格后要送国外的试飞工程师学院培训一年左右，回来后还要到我们客服中心接受培训。"参观完 ARJ21-700 飞机全动飞行模拟机，陈总又向我介绍了 ARJ21-700 飞机综合程序训练器、舱门训练器、应急门训练器、模拟灭火训练舱和计算机辅助培训等设备。

第十九章　放飞前夜

2017 年 4 月 23 日，是一个平静的周日，上海许多市民携老小家人正在赶往迪斯尼乐园的路上，许多游客成群结队在繁华的南京路上逛街，许多航空人还在香甜的梦乡中酣睡，缓解一周来紧张工作的疲劳，而在上海浦东以东的祝桥却是另一番景象，宽敞明亮的试飞中心指挥监控大厅里热气沸腾，人声鼎沸，140 个座位，座无虚席，领导、专家和研制 C919 大型客机的工程技术人员，眼睛紧盯着桌上的显示器和台前的大显示屏，屏住呼吸静静地等待那一刻，等待盼望已久激动人心的那一刻，等待 C919 大型客机高滑试验抬起前轮。

等待的时间太久太久，企盼的心跳太快太快，飞机高滑抬前轮试验意义非同一般，C919 大型客机已经经过了初试滑行、低速滑行、中速滑行、高速滑行 20 多次试验，今天进行的高速滑行抬前轮（俗称高抬腿）试验如成功将宣告首飞胜券在握。

机坪上，C919 大型客机开车，发出巨大的轰鸣声，像一只怒吼的雄狮，像一匹脱缰的骏马，像一支瞄准了目标顷刻离弦的利箭，像勇猛的战士即将跳出战壕。只听指挥员一声令下，C919 大型客机快速起步，加速，加速，再加速，到了飞机起飞的速度，机长蔡俊轻松一拨，C919 大型客机前轮高高抬起，飞机呈 15 度角高昂机头高速向前滑去，漂亮！像一条高昂着头的威武眼镜蛇，1 秒、2 秒……5 秒、10 秒、11 秒，短暂的 11 秒，圆了航空人近半个世纪的大飞机梦，这 11 秒令国内航空人欢喜若狂，让世界航空界无比震惊，C919 大型客机高滑抬前轮成功了，C919 大型客机可以飞起来了！首飞成功必定无疑，胜利在望。

当我们回望这具有历史意义的难忘情景时，不禁想到了高滑抬前轮之前的日日夜夜，想到艳丽橙色试飞服后面默默奉献的人们。上海虹桥机场办公区，一个绿荫婆娑的安静小院内，集聚着中国民航适航精英骨干百十号人，成立只有 10 年，却干出了 ARJ21-700 型号合格证适航审定和多种型号国外飞机认可审定的辉煌业绩，这就是中国民航上海航空器适航审定中心。

4 月 21 日（星期五）下午 1 点 30 分，中心二楼一间大会议室里，一个具有非常意义的会议开始了，中国民航 C919 型号合格审定委员会主任、上海航空器适航审定中心主任顾新收敛平素平和幽默的笑脸，讲了开场白："今天这个会是 C919 放飞闭门会，C919 滑行试验已经结束，达没达到放飞标准，还存在什么问题，能不能进行高滑抬前轮，今天一定要给出结论，给不出结论，不散会！"会议室内鸦雀无声，寂静一片。十几位各专业审查组的组长、副组长皱着眉头静听、沉思，准备着汇报发言。

为什么说这个闭门会十分重要？这要介绍一点科普知识和背景情况。根据中国民航适航法规要求，研制的飞机实施飞行试验任务前，必须获得中国民航局颁发的"三证"。一是临时国籍证。按照临时国籍登记证规定的范围，开展验证试验飞行、生产试验飞行等飞行活动，包括高滑抬前轮、首飞以及相关试飞任务。二是特许飞行证。处于研制阶段的民机依据中国民航适航规章要求，应当取得第一类特许飞行证。在获得临时国籍登记证后，申请人向中国民航局或地区管理局申请特许飞行证，表明飞行试验目的、飞行时间、飞行区域、航空器构型、运行限制等内容，表明该飞机在相应限制条件下能够保证飞行安全，由局方进行检查后，颁发特许飞行证，在特许飞行证范围内开展为证明符合适航标准的试验飞行。三是无线电台执照。取得特许飞行证后，根据国家无线电管理规则和国际电信公约无线电规则，申请人向中国民航局或地区管理局无线电委员会申请无线电台执照，无线电台执照用于准予申请人在飞机上安装和使用相关的无线电设备，主要包括发信机、应急定位发射机、测距仪和无线电发射设备。

三个证书中，特许飞行证尤为关键，颁发特许飞行证的权力和责任机构是中国民航局或民航地区管理局，颁发特许飞行证的前提是申请人的 C919 技术报告、试飞大纲、试飞手册以及试验数据等要通过民航华东地区管理局和上海航空器适航审定中心 C919 型号合格证适航审查组的全面适航评估和明确放飞结论。

民航方面对发放特许飞行证工作非常重视，中国民航局领导多次指示、批示，C919 型号合格证适航审查工作非同一般，责任重大，一定要守住底线，严格把关。

2016 年 7 月上海航空器适航审定中心专门成立了联合工作组，总工程师戴顺安任组长，民航华东地区管理局适航处处长钱惠德和 C919 适航审查组组长张迎春任副组长，中心飞行、性能、飞控、动力装置、机械结构环控、制造符合性等 13 个专业组骨干参与。经过一年多的紧张工作，特别是 2017 年 3 月 C919 滑行试验以来，他们与申请人中国商飞的同志们一起紧张奋战，各项检查、验证工作得以顺利进行。赵越让副总经理是适航专家，又是实干家，在 C919 大型客机的具体适航问题上，他都十分关注，严格要求，不断改进。

工作协调会、风险评审会开了一次又一次。闭门会就是联合工作组在 C919 首飞前的最后一次会议，会议当中，各专业组长、副组长要充分讲述评估意见，明确表达"行"还是"不行"，并签字。这一笔下去，要负法律责任，万一飞机放行后出了事故，而且事故是其人在审查中失误所为，后果是不堪设想的。高滑抬前轮试验等同于首飞，一个专业组一个专业组地汇报，一人讲，众人评，时间一分钟一分钟地过去，没有茶歇，也没有休息。

5点钟到了，会议没有一点散会的迹象。

6点钟到了，食堂的师傅下班了。

7点钟的时候，有的同志饿得坐不住了。顾新是个"体察民情"的领导，马上回到办公室，拎来一袋冷包子，那是他中午买的，原想晚上带回父母家，让喜欢吃猪肉大葱包子的老人饱饱口福。此刻顾新一直紧绷的脸露出了笑容："大家先吃包子，一人一个，本来是孝敬老人的东西，现在解解燃眉之急了。"看着大家三口两口和着开水吞下冷包子，他又跑回办公室，找来几颗精美的巧克力和糖，又开起了玩笑说："这是同事送来的结婚喜庆糖果啊，我舍不得吃，今天也给大家分享了，吃饱了喝足了，我们继续开会。"

而在隔壁另一间会议室里，另一个特殊的会议也在紧张进行，中国商飞上海飞机设计研究院韩克岑副院长带队，几位C919副总设计师，3点钟就来了，他们是来开"开门会"的，一起合议评估发放特许飞行证还存在那些问题。这也是申请人中国商飞与C919适航审查组在颁发特许飞行证前的最后一次协调会。

"坚持标准，严格审查，条款衡量，数据说话"是上海航空器适航审定中心C919型号合格证适航审查组的准则，前期对C919飞机构型状态、试飞大纲、飞行手册、使用限制、制造符合性等全部进行了审查评估。中国商飞在赵越让副总经理的专业指导下，高度重视，对审查组提出的重点关注项目进行了有效整改，并以信函方式向审查组做了报告。这次几位副总光临，共议问题，及时解决，争取局方发放特许飞行证，保证C919高滑抬前轮，进而首飞。

上海航空器适航审定中心的内部"闭门会"慢慢开成了"开门会"，两边会议交叉进行，各专业组提出的问题在屏幕上显示，请商飞的副总设计师们过来观看，解释情况。韩克岑副院长不时用手机拍下屏幕的内容，立即传给祝桥试飞一线的 IPT 技术团队。

适航审查和研发制造是两个方面的共同体，特许飞行证不是普通验证，而是民航局或地区管理局行使政府职能，发给 C919 由地面试验向空中试验过程的放飞法律凭证，双方工作都非常紧张，"开门会"同样气氛严肃、凝重，问得尖刻，答得具体。有技术的，有管理的，有系统级的，也有飞机级的，来回七八次，分头讨论先开"闭门会"合议，再开"开门会"。

适航审查就是挑毛病，就是鸡蛋里挑骨头。为保证 C919 高滑抬前轮和接下来的首飞不出问题，联合审查组的人们深知手中权力的重量，肩上担子的沉重，他们是 C919 安全的守护神，是 C919 安全的忠诚卫士。

"闭门会"和"开门会"一直进行到灯火通明，适航人和商飞人顾不得欣赏夜景美色，怀着难以名状的沉甸甸的心情离开了虹桥机场。同意放飞的意见基本通过，但是，还要补报几份试飞技术文件，要求及时传到中心，做批准放飞的最后审定，争取 C919 在 4 月 23 日准时实施高速滑行抬前轮试验。

4 月 22 日，是星期六，戴顺安、钱惠德、张迎春、揭裕文等许多人照常到单位加班。

上午 10 点，揭裕文主任焦急地问："怎么还不传过来，要误颁证啊！"

对方回答说："快了，在走流程。"

12 点了，揭裕文顾不上吃午饭，一直把电脑放在腿上刷屏、看邮件，时间像与他作对一样，你急它不急，一分一秒，按自己的规律跳动。直到下午 2 点 40 分，飞行手册等邮件终于来了。

揭裕文立即开始审查，并传给几位审查代表分头审查，形成纪要，填写评审意见书，民航华东地区管理局适航处处长、C919 放飞审定联合工作组副组长钱惠德三步并作两步送到焦急等待的朱洲龙副局长办公室，下午 3 点整，有民航华东地区管理局朱洲龙副局长签名的 C919 特许飞行证发出。

至此，我们介绍一下上海航空器适航审定中心试飞工程师的故事：

人们只要一谈起中国民航试飞团队从无到有、从小到大的发展，谈起中国民航年轻的试飞员、试飞工程师的成长，言语中就充满喜悦自豪。特别对试飞员赵志强、张惠中，试飞工程师徐骏驰、张海涛、屈展文、吴浩文 6 位年轻人在 ARJ21-700 新支线飞机型号合格审查中的突出表现由衷敬佩，称赞他们是中国民航朝气蓬勃的"小虎队"，4 名试飞工程师是年轻有为的"四小虎"。

虎，百兽之王，威风、果敢、勇猛。

虎是中华民族的图腾之一，灿烂丰富的虎文化中，虎是威严和力量的象征，虎的雄风、虎的胆魄、虎的气势让人们津津乐道，英雄虎胆、如虎添翼、虎踞龙盘、卧虎藏龙等赞语比比皆是。

采访他们之前，我查阅了厚厚的《ARJ21-700 型飞机型号审查报告》，其中试飞、性能专业组 243 个科目审定试飞统计表中，试飞工程师一栏中赫然填写着他们的名字：徐骏驰、张海涛、屈展文、吴浩文。座谈会上，他们彬彬有礼、谈吐儒雅，让人绝对想象不到，在几千米高空的试验飞机上，在大洋彼岸的严酷培训期间，在险象环生的高风险试飞科目中，在大漠深处风沙弥漫的恶劣环境中，在零下 40 摄氏度高寒、零上 40 摄氏度高温的极端天气下，他们满腔热血、处险不惊、挑战极限、威震蓝天的飒爽英姿。

使命责任高于天，任务职责比生命更重要。

4 名优秀的试飞工程师是 4 只雄风震天的小老虎，他们说，他们赶上了好时代，为了中国大飞机 C919 早日腾飞，他们要把一切献给祖国，把理想写在蓝天上。

他们说：我们是幸运的，我们要用不一样的行动，书写自己不一样的人生。

他们说：长期出差牵挂亲人，想念孩子，但是一声令下，我们不说二话，立即出发。

他们说：得滴水之恩，当涌泉相报。祖国培养我们，该珍惜时机，珍爱岗位，付出奉献见行动。

他们说：我们不是 4 个人在战斗，试飞员是我们的铁血兄弟，团队是我们的家。

他们说：如果有人问 ARJ21-700 怎么样，我们会自豪地告诉他，很安全，因为我们试飞过！

我感动了，脑际中油然蹦出"小虎队""四小虎"，我脱口而出："你们是'四小虎'。"他们热烈鼓掌，这掌声发自他们心底，他们的感激之情溢于言表。不必借黄山神笔峰的管毫，不必饱蘸滔滔东海水研墨，更不必粉饰雕琢刻意拔高，只要将他们真实自然的本色流于笔端，跃然纸上，就是颇为感人的一篇《虎颂》。

徐骏驰是抓铁有痕的飞虎，1978 年生，上海航空器适航审定中心飞行性能室高级工程师。随着 ARJ21-700 飞机在北美五大湖自然结冰试飞成功的喜讯传出，试飞工程师徐骏驰也越来越被人们所注目，人们称赵志强和徐骏驰是最佳组合。

小徐给我的深刻印象是那张阳光的娃娃脸，那双对未来世界充满探寻欲望的深邃眼睛。但是，在一次学术研讨会上，他的演示和发言让我眼前一亮。徐骏驰大学毕业后，先在海南航空公司机务维修一线搞品质监控，2007 年下半年应聘来到上海，先在中心当了两年观察员，就是审查实习生，跟在老同志后面观看学习，没有发表审查意见的资格。他感慨地说那两年收获大，跟着师傅学，学到了书本上没有的宝贵经验。两年以后，正式当上了审查员代表，第一次是审查载荷配平，规章条款分给他 4 条半，他掰开了捏碎了理解，踏实地完成了载荷配平审查任务。中心十分重视培训，先后派他去了两次美国国家试飞员学院。第一次是跟着揭裕文主任、张彤副主任，学了 6 周。第二次是作为领队，带领 2 名试飞员和 3 名试飞工程师去的。回国后又到北京中国民航总医院做低压氧舱培训。2012 年 2 月 29 日审定试飞开始后，领导交代的任务、科目他都积极主动参加，恪尽职守，测取的数据均为有效。

2014 年 7 月中旬，徐骏驰在 ARJ21-700 飞机上参加了"缩小最低垂直间隔"科目试飞，这在国内是第一次，旨在检验飞机性能，日后更有效地利用空域资源。小徐是个有心人，善于动脑筋，他编制了一个小软件，在手机上操作，保持目标值恒定不变，在不同载荷下，测试飞机爬升高度的变化值，在这个试飞科目中做出了贡献。诸如此类测取有效数据的事例还有许多。

2012 年 9 月，徐骏驰、屈展文飞高风险科目：失速。他们几乎每天都要飞二十多次失速。飞机拉升再下降，会产生一个掉高度的过程，偶尔飞机还会发生大的滚转，对人的生理、心理压力比较大。申请人中国商飞的试飞工程师呕吐严重，面色苍白，吐得稀里哗啦。

经过失速科目，身体和心理过了关，他挺过来了。几百次的失速试飞，飞机不停地拉升，再掉高度，人在机舱内失重，身体飘起来，飞机拉升时，身体又往下压，飞机不时还要滚转，胃被折腾得翻江倒海，就好像有一双凶狠的手抓弄挤压胃，不停地呕吐。徐骏驰咬紧牙关数飞机做"失速"次数，飞机拉升掉下，再拉升，再掉下，数到 32 的时候，实在控制不住，胃里的东西一股一股地向上翻涌，他强忍着问试飞员张惠中："还要做几次？"张惠中说："还有两次就到测试点了，坚持住！"徐骏驰点点头，以最大的毅力继续数着：33、34。实在控制不住，他便大口大口地呕吐。多日来，为了飞"失速"，减少对胃的反应，他每天减少饭量，中午不吃主食，只喝汤，胃里没有食物可吐，吐出来的是汤、是水，最后吐出来的是丝状的淡黄色黏液，那是胃液，脸色像打印纸一样白，他一只手紧紧捂着胃部，另一只手扶着工作台，盯着显示屏，记录数据。

张海涛是智勇兼备的卧虎，1981年生，籍贯北京，在新疆长大。南京航空航天大学发动机专业本科毕业，继续在南航和英国一所大学攻读学位，3年双硕士，本硕7年。2007年回国后，他来到上海航空器适航审定中心发动机研究室。2009年底，ARJ21-700新支线飞机进入局方审定试飞阶段，他被选拔到"国家队"做试飞工程师。2011年开始试飞，做发动机方面试飞科目，到嘉峪关大侧风试飞，到青海格尔木高原试飞，在阎良溅水试飞，发动机空中启动、空中停车，热燃油、高风险的失速，起落架摆震等都飞过了。

一个飞行员飞一辈子可能也不会遇到一次发动机"空中停车"，张海涛和试飞员一天飞下来，要"空中停车"几十次，试验发动机在不同极端情况下的性能，测试发动机关了以后能否快速重新启动。

嘉峪关大侧风气象条件很难遇，风沙弥漫，他在那儿待了20多天，等侧风到了一定程度便起飞降落。

飞机着陆进近时，要有一定的速度、高度，有一个时间差，这不好掌握。同时他还要在飞机上监控各种技术参数，监控发动机的响应。发动机有十分精密的传感器，风沙会把传感器孔堵住，造成失效。

大侧风试飞是测试飞机在大侧风条件下的操稳性能，测发动机气道进气效率，逆风最好，进气效率最高，侧风会使发动机进气效率降低，产生进气畸变，造成喘振失效。

难题是气象条件不好找，传感器许多探头被风沙堵死，造成失效，没有备品更换，试验就做不下去，取不到有效数据。

金奕山博士负责的噪声科目风险也高，阎良一个小的通航机场，跑道长度不够，飞机配了大重量下降，飞机要接近测噪声的点，再把飞机拉起来。为了通过这个测试点，飞机下降离地面只有十几米，拉起时机尾都接近麦田的麦穗了。国内第一次测噪声，要保证飞行安全，又要离测试点近，取得有效数据，是很惊险的。试飞过程中，张海涛像坐"过山车"一样，还要紧张地调整试飞方法，实现工程需求，测试采集数据。

试飞对张海涛的成长提升很大，与在办公室伏案相比，有更直接的主观感受，特别是操稳科目，包括发动机停车失效，在地面是想象不出来的，一些设想要到空中去证实，而对发动机的试验与在地面预想是无法比拟的。试飞体验操稳、失速、失效，会促使申请人努力地改善设计，促使中国民航局更好地完善试飞方法，实现理想的试飞状态。

参加试飞使张海涛对中国民航的安全理念更加敬畏，对于飞行安全，在地面是不能深刻体会的，试飞中，在极端条件下面对系统失效，张海涛深感安全太重要了。飞机没有安全裕度，要有许多改出措施，做许多风险对策预案，他更加敬畏中国民航这套适航安全理念。

屈展文是迎难而上的猛虎，1985年生，湖南人，2003年入南京航空航天大学飞机设计专业学习，本硕连读，毕业后来到上海航空器适航审定中心。他说，赶上了国家发展大飞机的时代，很幸运。2011年去美国培训，培训期间，系统学习了规章条款，接触了许多机型，对适航审定有了直观的感受与深入的了解。他回国后参加ARJ21-700新支线飞机适航审定，试飞的第一个科目是空速校准，是常规科目；第二个科目是失速，这是高风险科目。

屈展文飞"失速"，没对家人说，他不想把压力转移到家人身上，只是告诉爱人，试飞有风险，风险是可控的。他回家从不谈工作，有时间就陪爱人去公园、逛商场，新婚妻子看到丈夫阳光、轻松，也就放心了。

当试飞工程师要过心理关，主要是信心的逐步增强。第一，对飞机的信心；第二，对团队的信心。试飞员与试飞工程师共同去美国培训，建立起兄弟般的友谊，一个架次一个架次地操作、考验，让他们对团队的信心越来越强。

　　尽管做了大量风险管控工作，但是，试飞肯定会有想象不到的情况发生，从事试飞审定，首先要过心理关。试飞员、试飞工程师为了把风险降到最低，要进行极限边界飞行，把风险承担下来留给自己，把安全献给公众。没有风险就不叫试飞，飞机一离开地面，就意味着伴随风险，何况还有一个"试"字。飞机是"飞"出来的，安全是"试"出来的。

　　屈展文说，过不了心理关，就上不了试飞中的飞机。普通人坐飞机有空姐送各种饮料，送可口的餐食，可是他们连解小便都困难，飞机不停地颠簸，因为穿着连体装，连体装防火防静电防辐射，夏天很热，汗如雨下，机舱里满是仪器设备，地板也是简装的，上厕所只能半蹲，没有扶手，困难多多。

　　屈展文说，上了飞机就想工作，心里就平静了。一心想着科目，其他就淡化了，航后才知道有些经历惊心动魄。

　　吴浩文是快速成长的"乖乖虎"，1984 年生，上海人，2006 年上海交大电讯学院仪器专业本科毕业，2009 年上海交大航空航天学院系统设备专业硕士毕业，来到上海航空器适航审定中心。

　　2013 年，试飞第一个高风险科目：全机断电。第一次上试验中的飞机，紧张、担心。断电后所有显示都没有了，5 块显示屏只剩下 2 块，飞机上大部分系统不能工作，3 套导航系统只剩下 1 套，液压系统多套只剩下 1 套，没有备份。面临的最大风险是对外界环境的感知，气压源没有了，机上没有通风，没有空调，直接感受是气压低，呼吸困难。飞机在三四千米高度，人可以用氧可以不用氧，在一万米之上一定要用氧，否则大脑会形成血栓，5 到 10 秒就会失去意识。当时，试飞只戴氧气面罩，试飞工程师背着氧气瓶，正常航班飞在万米之上是经过增压的，所以感觉不到缺氧。这时飞机要做的是马上下降高度，恢复到四千米以下，应急发电机启动，靠发动机带动，给蓄电池充电，充满后可工作 40 分钟，要求 25 分钟之内飞行员找到机场，飞机着陆。

这个科目他飞了两个架次，都是一次顺利完成。

吴浩文在飞机上的任务是按着试飞任务卡执行试飞流程，监控数据，两块显示屏，一块显示飞行数据，比如高度、速度，另一块显示告警信息。此刻，全机断电，出现许多告警信号，满屏都是红色。两名试飞员和两名试飞工程师分两组，一组监控飞机状况，一组观察飞机外环境，寻找着陆机场。

此次试飞员是张惠中，另一位是试飞院的；试飞工程师是吴浩文，另一个是中国商飞的。这4个人沉静、干练、密切配合，规定要求25分钟后安全返回机场，他们卡在时间点落地，试飞成功。这是试飞员与试飞工程师密切配合的结果。

热恋中的女朋友不止一次地问吴浩文："你为什么喜欢试飞，试飞多危险！"

小吴挺直了腰杆说："我很自豪，我参加了 ARJ21-700 适航审定试飞，这款飞机很安全，因为我飞过！日后 C919 适航审定，我更有经验、信心了。"

2017年4月23日，C919 大型客机持证成功进行了高速滑行抬前轮的试验。一切准备好了，只待一声令下，C919 便能直上蓝天。

2017年5月5日，C919 首飞任务仪式上，吴光辉总设计师高举着特许飞行证忘情地高喊着："我们的大飞机等到特许飞行证了！C919 可以飞啦！"他最了解特许飞行证的意义，也最清楚特许飞行证的来之不易。

第二十章　惊艳首飞

如同婴儿的诞生、生命的开始，C919 大型客机首飞意义也在于此，一款飞机造出来了，能不能飞起来，人们翘首以盼。

首飞的飞机对天气要求十分严格，需要避开雷雨，避开厚云层。经过气象专家的科学预测，时间选定在 2017 年 5 月 5 日，原定上午 10 点，但是，天公还是不作美，只得一推再推，将近下午 1 点 30 分，机组进场，身着橙红色试飞服的 5 名机组成员，格外英气勃勃。他们按惯例，先进行地面检查，认真巡视，仔细检查发动机、起落架、机体。然后登上飞机，开始了 "555" 精彩空中演绎，5 月 5 日 5 名机组成员，梦圆蓝天的时刻就要开始了。

C919 大型客机首飞现场人山人海，4000 多名来自首都和全国各地的嘉宾，还有更多的参研参试代表，心情激动，热烈等候。C919 大型客机一身洁白如雪，尾翼蓝绿相间，尾翼上 "C919" 标志格外醒目，像一个婷婷待嫁的新娘。C919 正安静地等待欢乐的乐曲响起，准备飞向属于它的蓝天。

驾驶舱内的情况又是怎样的呢？5 人泰然自若，镇静地按程序对系统、设备、仪表仪器做起飞前最后的检查。

2017 年 5 月 5 日下午 2 点整，C919 飞机 101 架机在上海浦东国际机场第四跑道首飞成功

　　心理素质再好的人，在万众瞩目时刻也难免有几分紧张情绪，成大事者在紧张时刻能马上镇定下来，不乱方寸，这才是难能可贵的。机长蔡俊就是这样的人，这位追求完美的处女座男子汉平时勤于学习，虑事缜密，行为精细。但是在起飞前十几分钟，他离座上了两次洗手间，感觉双手有点湿滑，是沁出的汗水，情绪紧张引起。时间不容许他多考虑，蔡俊果断快捷地在腿上擦了擦，坚定地把右手握成拳，喊了一声："开干！"

　　下午 1 点 50 分许，C919 大型客机首飞评审委主任张彦仲院士宣读："评审一致同意：C919 通过首飞放飞评审。"中国商飞总经理助理、C919 大型客机项目总经理吴跃高声地向 C919 大型客机首飞任务总指挥金壮龙报告："C919 101 架机状况正常，准备完毕，是否放飞，请指示。"

　　金壮龙洪亮地宣布："同意放飞！"

　　下午 2 点整，塔台指挥一声令下，C919 大型客机呼啸发力，加速滑跑，瞬间腾空而起，与跑道呈 15 度角，长长地形成冲天轨迹。来自全国各地的 4000 多位嘉宾、代表纷纷站起身来，鼓掌欢呼，注目凝望，喜泪盈眶，相拥而泣。那一刻，我在现场，目击到许多摄像机没有捕捉到的感动场景，我看到十余名身着草绿制服的商飞人抬起吴跃，高喊："你是项目头儿，你也飞上去！"吴跃满脸泪水想喊"是兄弟们一起托起了大飞机"，但是，他激动得一句话也说不出来。这位曾是中航工业直升机研究所所长、带领团队成功研制了多种直升机的汉子，这个 C919 大型客机项目的具体负责人，和他的团队在一线摸爬滚打了九年，当看到飞机着陆时打开了反推，再也抑制不住心中的激动，情不自禁地和吴光辉总设计师紧紧抱在一起，从心底里说出："我们终于成功了！"他与在场的十几位同事相拥而泣。

我看到在主席台前排中间，有一位长者，他头发花白，瘦削的脸上架着一副黑边眼镜，一眼望去就是一位睿智的学者型领导，他是中国工程院院士、国务院大型飞机重大专项专家咨询委员会主任委员张彦仲，通过张院士激动的神情可以看出他内心波涛汹涌。是啊，十几年了，从大飞机论证、立项到研发制造的各个节点环节，都有他的心血。他主持过一百多次会议，在 C919 的概念设计、初步设计、详细设计、试制装配、试验试飞各环节，进行方案论证、科学研讨、技术评审、监督指导，可谓殚精竭虑、呕心沥血。

我还看到一个熟悉的高大身影，那是奥运冠军刘翔，他穿着笔挺的西装，站起身挥手，向冲向天空的 C919 致意。电视大屏幕上，主持人欧阳夏丹在动情地进行现场直播。这一刻，等待的时间太久太久。这一刻，盼望的日子太长太长。那一飞，炎黄子孙的飞翔梦过去了千百年。那一飞，华夏儿女的大飞机路过了半个世纪。此时，C919 大型客机机舱内的情况怎么样呢？

对试飞员来讲，恐惧和紧张是两个概念。C919 机组成员早已把国家的

激动的同事将吴跃高高抛起

选择、光荣的使命牢固植入心中，毫无一丝恐惧之念。但是，紧张是不可避免的。5 人机组当然听不到地面潮水般的欢呼声，也看不到电视屏幕前万众激动喜悦的笑脸，他们只有一个信念，冲过"魔鬼三分钟"，成功首飞。

由于起飞时的 3 分钟和着陆时的 3 分钟最易发生意外，所以业内俗称"魔鬼三分钟"。当你乘坐飞机时，起飞之前乘务长首先进行安全提示的第一句话就是"请系好安全带"，接着乘务员开始逐排检查，就是这个道理，着陆时同样。C919 离地后，机组人人脸上露出了笑容，第二分钟，严峻的考验来了，云层低且厚，机长蔡俊果断穿云直上，破开云雾，白云之上，一片朗亮蓝天。

"魔鬼三分钟"过去了，飞机继续爬升、平飞，依次做试验项目，例如和伴飞飞机会合、并飞，脱离与监控指挥大厅的通话，按航路返回。这时候需要高强度的专注力，并井然有序地通过各项手动操纵给飞机下达不同的指令，比如配平，就是控制飞机的俯仰姿态持续保持在一个平面。配平需要多次的手动操作调整，很难一次性完成，然而由于 C919 卓越的性能，配平的效率很高，机长蔡俊表示得益于飞机优异的设计理念，以及自己多年来积累的飞行经验，转弯的俯仰也流畅完成。

　　C919 大型客机前方有一架伴飞公务机，伴飞飞机有几个作用，首要是领航、气象观测，例如云层的高度、厚度以及云层气流，这些具体数据都需要实时准确监测，普通天气预报是做不到的，伴飞飞机通过无线电将数据及时传达给 C919。另一个作用就是如果 C919 飞行中出现一些事先没有意料到的状况，它领航 C919 到备用机场。总体来说就是提供保障，例如无线通信失灵导致与地面指挥联系中断，可以引导返航。伴飞飞机的机组人员可以近距离获取飞机在不同高度、角度等物理环境下的外部数据和信息。

　　除了为 C919 充当开路先锋之外，伴飞飞机还有一个重要任务，就是提供视频信号，飞行过程中，伴飞飞机与 C919 的距离保持在 1 公里左右。

　　快着陆时，云层升高变厚，一团云恰巧在 C919 下降时被风吹过来，层高只有五六百米，太低了。对于云层的这个高度，机长必须马上做出判断：是在云层上缓缓降落，还是冲破云层降落？两者各有利弊：选择在云层上，看不到跑道，但可以及时应对气流状况。如果在云层下飞，虽然看得见跑道，但是留给"魔鬼三分钟"的时间又不够，一旦出现险情，反应时间只有 20 秒。机组人员商定，决定在云下飞，因为他们已做过预案，飞机的状态一直很好，并且对蔡机长的驾驶技术有信心，对 C919 性能质量有足够信心。在默契的协作下，C919 比平日模拟飞行演练提早一分钟落地，平稳而流畅的落地获得最高级别的评价。

C919 大型客机首飞时间 1 小时 19 分钟，"119"与 C919 数字巧合，长长久久，这是一个了不起的纪录。C919 首飞着陆还有一个奇迹，就是着陆十分完美，非常平稳，飞机擦着地面着陆。通常高水平的机长，大概 20 个航班也只有一个这样的完美着陆，非常难得。当时天气条件不好，这个奇迹的出现原因有两点：飞机性能好，机长技术水平高。

C919 大型客机安全度过了"魔鬼三分钟"，以一个完美高超的着陆动作，缓缓落地，向首飞仪式主席台滑去。浦东机场旁边的一块坡地上站了数百名扛着"长枪短炮"的媒体记者和"飞友"，他们是在前一天禁严之前占据有利地形的，度过了难熬的不眠之夜，度过了漫长的推延等候，拍下了 C919 冲天而起的英姿、凯旋的倩影，值了！机长蔡俊看到这个场景，十分感动。

C919 大型客机完美首飞，惊艳世界！

C919 大型客机机组凯旋（从前往后依次为蔡俊、吴鑫、钱进、马菲、张大伟）

第二十一章　功勋飞行员的情怀

　　在 C919 大型客机 5 名首飞机组成员中，有一个 50 多岁的人，他叫钱进。在机组中，他的身份是观察员，机组之外的身份是中国商飞公司总飞行师、中国商飞公司试飞中心主任、上海市航空学会副理事长、航空安全理事会副理事长。再往前翻看他的履历，他是中国国际航空公司培训部总经理、安全技术管理部副总经理，而他最为显赫的身份是中国民航功勋飞行员，是波音 747、波音 777、波音 767、空客 340、伊尔-62 大型客机的机长。在近 40 年的飞行生涯中，他执飞了中国国际航空公司大部分机型飞机，安全飞行 2.2 万小时。他曾说他"一生中最大的心愿是能够驾驶中国自己制造的大型客机翱翔蓝天"。

　　飞机要看天飞行，这是一条铁律。风力、风向对飞行影响特别大，风就像说哭就哭、说笑就笑的婴儿的脸，说变就变，忽而是正向风，忽而是侧向风。正常民航航班要看天气，C919 首飞更要选择合适的天气。高滑抬前轮试验成功过后，钱进请上海市气象局专家对 5 月上旬天气进行会商，根据当时的云图预测，5 月 5 日和 6 日都比较合适，但 5 日更理想。钱进将专家意见向金壮龙和贺东风汇报后，得到批复，5 月 5 日飞。

　　C919 大型客机首飞是举国关注的重大活动，通常要提前一周向北京和各地的领导嘉宾发邀请函，但由于天气的不确定性，只得在首飞前两天快速发出。

选好了日子，平时每晚只睡四五个小时的钱进，5月4日晚睡得格外香甜。可万万没想到，老天开了玩笑，5月5日凌晨，钱进一起床，感到天气不对，他赶到机场气象中心，得知空中大气层旋涡依然滞留空中。飞，还是不飞？看着窗外"C919大型客机首飞任务"的醒目标语，一面面迎风招展的彩旗，一辆辆满载嘉宾的大客车，一架架对准跑道的照相机、摄像机，钱进焦急万分，机组例行的准备会推迟了30多分钟，他马上向贺东风进行了单独汇报，谈了自己的想法。

钱进说："贺总，天气属于标准边缘，云层低，云量厚，风速大，但是基于机组技术状况和对C919飞机的了解，在机组做好特殊情况处置预案的情况下，保证首飞安全应该没有问题。"贺东风略加沉思，坚定地说："机组必须有把握，一定要万无一失，保证安全。"钱进果断地说："我下去与机组再商量一下。"

他匆匆下楼把机长蔡俊、副驾驶吴鑫、指挥员朱伟文等人召集到一起，进行讨论。钱进首先表明了自己的看法，认为天气虽然在标准边缘变化，但是预测下午2点至4点云层有变好的趋势，抓住这个时段，可以飞，错过就不能飞了；如果飞的话，就要做好各种预案准备，确保万无一失。由于首飞举世瞩目、举国关注，如果推迟飞行的话，带来的影响是不可估量的。机组经过充分讨论，一致同意钱进的意见，并一致认为：气象条件变化会给首飞带来一定难度，但是飞机状况良好，机组又经过了大规模的训练和多次的模拟演练，对完成首飞任务完全有信心。

钱进带着机组意见向金壮龙、贺东风和吴光辉3位领导进行了汇报。

金壮龙说："好，听你们机组的意见。"

贺东风说："同意，今天飞！"

机组整装进入机坪，在机长蔡俊的带领下，绕机检查。钱进站在C919

飞机的发动机旁，像拍朋友的臂膀一样，轻轻拍了拍发动机，默默无语。钱进有个习惯，多年来每次飞行，都要在飞机发动机前驻足仔细观察一番。发动机就像他的好伴侣，一路上全靠它了，万一失效停车，单发还好，双发停车，飞机没了动力，那就危险了。多少次飞跨大海大洋，多少次越过千山万峰，每次都是飞行10多个小时的长航线，出发之前，他都要与发动机默默对话。钱进说，飞机并不是一堆冷酷的钢铁，它有灵性，只要你对它有情感，亲密真诚地交流，它就会给你一个满意的回应。

机组于下午1点5分登上飞机，1点35分点火开车（启动发动机）。观察员的席位在驾驶舱内正副驾驶中间的位置，主要是便于观察。5人就位准备完毕，钱进提出，先在地面滑行一圈，看看各系统是否运转正常。

机长蔡俊轻松自如地驾机在滑行道滑行一圈，然后将飞机滑行至跑道起飞点待命。2点整，空管塔台指挥员一声令下："可以起飞！" C919呼啸着滑跑抬前轮，呈15度角飞上蓝天，中央电视台直播画面令人热血沸腾，观众欢呼声一片。飞机内却是紧张有序，飞机从离开地面那一刻起，就要开始做起飞、爬升、俯仰、横向侧飞、平飞、着陆等15个试验点试验。5分钟后，900米高度时，前方出现了云层，机长果断穿云而上，飞机顿时颠簸了起来，出云后达到3000米高度平飞。从5度开始，10度、15度、20度做俯仰、横侧飞行试验，无不展现了蔡俊机长高超的驾驶技术，钱进看在眼里，信心满满。

2点35分左右，地面监控指挥大厅给机组打来电话，中共中央政治局委员、国务院副总理马凯代表党中央和国务院对机组表示问候。钱进回答："我代表机组感谢首长，感谢党中央、国务院的问候。"马凯副总理接着问飞机状态怎么样，钱进说："目前机组正在按预定计划做科学试验，飞机各系统工作正常，飞机运行良好，请首长放心。"马凯副总理说："我们十分高兴，你们肩负着重要责任，希望你们继续精心操作，确保首飞成功，我们在现场等待你们凯旋！"钱进激动地说："谢谢首长鼓励，请首长放心，我们机组成员决不辜负总书记和党中央的信任与全国人民的重托，坚决完成好首飞任务。我们一定以成功首飞、安全首飞答谢全国人民的支持和关注！"

C919 首飞设计了机舱应急逃生洞，万一出现意外险情可以炸开，供机组跳伞。但机组并没选择背伞。一是认为伞包大，影响飞机操作。二是想到万一飞机出了问题，党和人民交给的任务没完成，飞机没了，国家损失几千万财产，怎么交代？所以机组选择了放弃背伞，下定决心，与飞机共命运，飞机在，机组在。

为什么机组选择橙红色试飞服？橙红色代表风险度高。跟消防员的服装一样，试飞服有防燃、防静电作用，因为颜色鲜亮，万一有问题，搜救人员容易发现。如果掉到海中，鲨鱼害怕这种颜色，可以防止鲨鱼伤害。

接着，飞机下降高度，做模拟进近、复飞、着陆试验点科目。空域虽然大，但机组选择了靠南端这一侧，因为假如两台发动机动力都失效，在这个区域能备降南通机场着陆，而且通信信号不至于衰减。快着陆时，侧风角度大，云层高度下降。整个首飞过程，钱进只是观察，专注地看机长和副驾驶的动作，只在着陆前 1 分 40 秒提醒道："侧风大，向左压点盘，放前轮慢一点，跑道长再慢点放。"

C919 平稳落地后，举国欢呼、喝彩，但钱进并没有接受媒体记者的采访，而是将媒体前的展示机会留给了机长蔡俊和其他机组人员。后来，机长蔡俊在讲话中说："钱总是我们的好带头人，他让我们年轻机长在前面，他在后面用多年的经验指导我们。他来试飞中心后，带出了一个好团队，使我们信心十足、力量倍增。"钱进说过："我年纪大了，甘当绿叶，让年轻人快速成长，蔡俊、吴鑫非常优秀，我十分放心。"

钱进是安徽蚌埠人，从小好动、机灵、悟性好。他 15 岁时加入安徽省体校特技摩托车队，练就了骑摩托车穿山过岗、过独木桥、疾行的本领，获得国家体委颁发的等级运动员证书，是一个十分有培养前途的特技摩托车选手。少年时，他最爱唱的歌曲之一是《我爱祖国的蓝天》。1976 年空军十四航校（现中国民航飞行学院）来安徽招学员，他一下被选中。但他的理想是开战斗机，独自驾驶有八一徽章的军机在祖国的万里蓝天翱翔，飞得又高又快，又能翻跟斗。而当民航飞行员，四平八稳，不够刺激。去，还是不去？他内心十分纠结。在老师和同学的鼓励下，他还是选择了民航飞行这条道路。在航校 4 年，他刻苦踏实，理论学习和实操训练都很优秀，毕业时被留校当了 5 年教员，为民航培养了很多优秀机长，可谓桃李遍民航。但他总感觉在航校开教练机不过瘾，朝思暮想要开大型喷气式客机。不久，当时的民航北京管理局来航校招"大改驾"学员，就是大学生改成飞行员，看到钱进飞行技术熟练，原以为他只是学员，因为当时他只比学员大三四岁，详细询问才知他是年轻教员，就想录用他，便与航校协商，说北京急需飞行员，请航校支持一下。而钱进也十分想去航空公司。就这样，这位年轻的航校教员开始了圆梦蓝天的征程。在中国国际航空公司 28 年，他一路成长，一路积累经验，几乎飞遍了当今世界的各种大型客机。

53 岁那年，钱进已经开始规划退休以后的事情了，毕竟几十年飞来飞去，终于马上就可以卸甲归隐、孝顺父母、照顾家人了，他也想钓钓鱼、下下棋，安度晚年。然而，刚刚起步的大飞机事业的一声召唤，又赋予了他新的历史使命和任务，再次改变了他的人生轨迹，使得他原有的设想只能暂时放在一边了。中国商飞公司一年前刚刚成立了试飞中心，急需一位既懂飞行技术又有管理经验的资深飞行员担任总飞行师兼试飞中心主任，领导民机试飞各项业务发展。中国商飞公司经过广泛调研和遴选后，与中国国际航空公司进行协商，希望中国国际航空公司能够举荐一位合适人选支持大飞机事业。中国国际航空公司本着对大飞机事业负责的态度，经过充分考虑和慎重选择，决定举荐时任中国国际航空公司培训部总经理的钱进。

逐梦蓝天：C919 大型客机纪事

新的抉择再次摆在了钱进面前，他陷入了深深的思考之中。假如留在北京，工作驾轻就熟，待遇丰厚，生活也安稳平静；假如去上海，待遇不但不增，肯定还会遇到许多新困难和新挑战，工作会更苦更累。经过权衡，他还是毅然响应大飞机事业的召唤，接受中国商飞公司的邀请，加入中国商飞。钱进这样认为，自己是一名受党多年教育的党员领导干部，只要党的事业需要，不管前行的道路上有多少挑战和困难，都必须义无反顾地响应党的召唤、拥护组织的决定，勇担重任，冲锋在前，为党的事业贡献自己的智慧和力量。大飞机项目是国家重点项目，民机试飞事业是朝阳产业，很多工作都具有开创性、挑战性，从事这样的事业，任务神圣，使命光荣，人生也才会更精彩、更圆满、更有意义。

加入中国商飞时，试飞中心刚成立一年时间，核心试飞队伍建设、民机试飞体系建设、战略规划等工作刚刚起步，大量的工作需要去推动。钱进根据自己多年飞行经验，调研并借鉴国内外试飞机构的建设情况，提出了"打基础、建能力、攻项目"三部曲，打造了一支由 21 名飞行员、41 名试飞工程师、26 名测试工程师组成的核心人才队伍，带领团队编制中国商飞试飞中心中长期发展纲要，编制国内第一个民用飞机试飞手册，搭建民用飞机试飞业务管理一体化平台，建立民用飞机试飞安全质量适航技术四大体系，规划建立以空中验证平台为核心，以空地一体化虚拟试飞实验室、试飞测试综合实验室、试飞培训实验室为重点的试飞试验平台体系，推动"1+M+N"试飞基地战略布局，构建广泛的国际国内民机试飞技术合作网络，圆满完成 C919 首飞，ARJ21 飞机 105、106、107 架机首飞，以及 RVSM 试飞、航线演示飞行、生产交付试飞、设计优化试飞等重要试飞任务，为大飞机试飞事业做出了重要贡献。

2016 年，钱进在深刻总结民机试飞规律的基础上，提出了"精""细""严""实""早""快"的工作理念，并逐步将这种工作理念渗透到民机试飞的各专业领域，不断培育独具特色的民机试飞文化。"精"即精益求精、一丝不苟。"细"是要细在程序合理不合理、操作可行不可行、环节流畅不流畅上。"严"要严在规章上，规章的执行、文件的落实、制度的实施要严格。"实"就是要脚踏实地。"早"是要早规划、早部署、早打算。"快"就是要快速响应、快速落实、快速行动。他反复强调，安全是民机试飞的底线、红线、生命线、高压线，要把每一次飞行都当作型号首飞一样去重视、去策划、去推动，实施半军事化甚至军事化管理，用严格的规章、铁的纪律来抓安全，一定要细之又细、慎之又慎，确保每一次飞行都能安全起飞、平稳降落。一支由试飞运行、试飞技术、测试改装、机务工程、场务工程、综合保障等专业组成的，可以同时开展多架机、多架次、多型号、多场地试飞的"试飞铁军"逐渐成长壮大起来。中国商飞试飞中心一路走来，从无到有、从小到大、由弱变强，逐步从型号研制默默无闻的幕后走向华丽精彩的台前，从型号研制的配角成长为主角，从型号试飞的副战场转变为主战场，在大飞机试飞事业中发挥着越来越重要的作用，推动着"早日把试飞中心建设成为国际一流的民机试飞中心"的梦想一步步接近现实。钱进来了，中国商飞试飞中心充满了生机活力，建能力，打基础，迎首飞，一片新气象、新面貌。这是一支"狼文化"团队，人人争先进取，各项基础建设、培训规划、管理规章、试飞手册陆续成型。一支技术精湛、有担当、讲奉献的试飞员、试飞工程师、测试工程师队伍在成长。而他日夜操劳，早来晚走，主动加班。他的肠胃上长了3个小指甲盖大小的息肉，他弟弟是全国知名的中西医皮肤科专家，警告他如果不及时切除会发生癌变，为了工作他没有放在心上。有一次，他急性肠胃炎发作，去中山医院输了5天液，医生要他住院，他执意不住，上午去输液，中午又赶到试飞现场。

钱进最挂念的是年迈、患肾衰竭的父亲，但紧张的工作使他回家看望父亲、照顾父亲的时间非常少。父亲病重住院，几次被医院下了病危通知书，80岁的老母亲在电话中说："家里知道你忙，你爸快不行了，昏迷中还念叨你的名字，你再不回来，就见不到你爸了。"

钱进放下电话，第二天回去了，父亲在病床上只能张张嘴却说不出话。他眼角流下了两行热泪，父子俩见面不到半小时，父亲就永远地闭上了眼睛。几年来，钱进为民机试飞事业日夜操劳，兢兢业业，尽职尽责，没有休过一次假，但他毫无怨言。

在 C919 滑行最紧张的一个多月时间里，钱进跟机组的年轻人一样，凌晨 3 点钟就起床，迎着东方的黎明做飞行准备、飞机滑行。他的情怀、他的赤诚像火红的朝霞一般在天空闪亮。

第二十二章　壮志凌云

C919 大型客机还有一个备份首飞机组，备份首飞机组机长是中国飞行试验研究院副院长、中国首款喷气新支线飞机 ARJ21-700 首席试飞员赵鹏，领队是优秀试飞员赵明禹，几年来，他们带领团队也进行了紧张的 C919 大型客机首飞备战。还有一支试飞队伍，他们是上海航空器适航审定中心中国民航试飞队，领队是在 ARJ21-700 适航审定试飞中做出突出贡献的优秀试飞员赵志强，几年来，中国民航试飞队也在为 C919 试验试飞做认真、扎实的准备。

在 C919 大型客机试验试飞适航取证的过程中，中国三支民机试飞队伍将协同奋战，谱写蓝天壮美新篇。这里先介绍一下受到习总书记亲切接见的赵鹏、赵志强两位试飞员在 ARJ21-700 试验试飞和适航取证试飞中的突出贡献和感人事迹。

2016 年 5 月 25 日，中国航空城阎良医院的重症监护室里，一位泪流满面的中年男子把一台小型录音机放在床头，附在静卧的患者耳畔，轻声地说："爸，醒醒吧，您已经 14 天没睁开眼睛啦，醒来听听音乐吧，我……"他哽咽着说不下去了，用纸巾擦了一下两眼滚流的泪水，又断断续续地说："爸，儿子不孝，要离开您一段时间……"他实在控制不住自己，看了看父亲头上缠着的厚厚绷带、微闭的双眼、一动不动的慈祥面容，咬紧牙关快步离开。刚迈出重症监护室的房门，他再也控制不住心中泉涌的情感，抱头失声痛哭。

这位中年男子就是中国第一款喷气 ARJ21-700 新支线飞机首席试飞员、中国飞行试验研究院副院长赵鹏。

半个月前，年届 85 岁、身体硬朗的赵老伯到市场买菜，不慎遇到车祸，脑部受到重创，急救手术后一直昏迷不醒。赵鹏身兼数职，工作十分繁忙，每天下班后来医院看望守候，直到深夜。早晨，眼睛充满血丝，照常穿上飞行制服走进试飞院办公室。

赵鹏的父亲早年在林业部东北航空护林中心嫩江林场任航空观察员，与苏联航空专家共事多年，喜欢俄罗斯的历史文化，有着浓烈的俄罗斯情

赵鹏（左一）与杨利伟合影

结。2009 年新春佳节，中国飞行试验研究院派赵鹏接待俄罗斯教员弗拉基米尔·比留科夫到中国海南过中国传统的春节，赵鹏携父母妻儿迎接陪同。在海南三亚湾，当喜庆的焰火漫天升起来时，赵鹏的父亲和弗拉基米尔·比留科夫像年轻人一样手挽着手欢快地唱起了《喀秋莎》《莫斯科郊外的晚上》《红莓花儿开》……，歌声在节日的夜空中飞扬，中俄两位航空友人的脸上绽放着像花儿一样的笑容，与五颜六色的焰火交相辉映。

听说音乐能唤醒人的受损大脑的知觉，产生精神刺激，使深度昏迷的人能慢慢苏醒过来，赵鹏选了父亲最爱听最爱唱的俄罗斯经典歌曲，把音乐录音放到老人床头。老人热爱森林，喜欢猎犬，赵鹏又找来森林小溪潺潺流水、清晨悦耳的小鸟鸣唱、猎犬忠诚的汪汪叫声等大自然音乐之声。老人善良慈祥，喜欢孩子，赵鹏又录来 4 个孙儿孙女的欢歌朗朗、甜甜的祝愿、稚嫩的笑语。

赵鹏的眼前浮现出一幕幕父子情深的画面：小时候最开心的事是坐在小山包上看飞机，喷洒农药的通用飞机来到林场，他拍着小手蹦着跳着围着飞机转，父亲抱着他进机舱，他高兴得不肯下来，指着操纵杆，一定要上前摸一摸，叫着嚷着："我长大也要开飞机。"

赵鹏家中养过 4 条猎犬，林场人都有持枪证，爸爸经常带他去打猎。一次从清晨 4 点到 7 点，父子俩打了 16 只野鸭子，猎犬跑来跑去，从水泡子中把猎物叼回来，赵鹏很得意，把战利品挂在枪上拍了照片，那一年他12 岁。枪握得稳、打得准，本事都是父亲教的。

赵鹏天资聪颖，家搬到哈尔滨后，他考上了重点中学。有一年北京大学来招天体物理少年班大学生，父亲领着他到了考试地点，盯着赵鹏的眼睛说："小三（赵鹏在家排行老三），自己看准的目标，就大胆地努力吧。"

由于年龄的限制，赵鹏失去了进北大少年班的机会，却以优异的成绩考进了北京航空航天大学。爸爸和妈妈千里迢迢把赵鹏送进了北航，一家人又到天安门广场留了影。几天后，赵鹏送父母到北京站，火车开动了，挥手告别的瞬间，赵鹏的眼睛湿润了，那一刻，他感到真的别离了父母，开始走自己的路了。

父亲遭遇车祸后，领导关心探望，同事们自发地日夜陪护，令赵鹏感动不已。他是一个孝顺的儿子，多想守候在老人身边，看着老人慢慢睁开眼睛，生命出现奇迹啊，但是，自古忠孝不能两全。

赵鹏身兼数职，责任在肩，他是中国民航局特聘的第一位试飞员，是ARJ21-700首席试飞员，是中航工业的专职国家试飞员，还是中国飞行试验研究院副院长、学员中心党委书记，主管着5个中国民机型号的试飞任务。眼下已经接受赴西班牙培训的任务，为中国大飞机C919首飞做准备。5月27日将启程，作为队长率陈明、赵明禹、赵生等10名队友前往。

一边是国家的任务，一边是昏迷中的父亲，赵鹏彻夜难眠，最后他果断表示："计划不变，我按时出发。"他说道："我心里有本账，不算工资、奖金、飞行小时费、空勤伙食费，单算培训费，国家为了培养我花了2500万。在祖国需要我的时候，我没有二话。"

赵鹏挥泪告别了重症监护室里的父亲，告别了母亲，告别了亲友和同事，登上了飞往北京的航班。5月26日，他在北京紧张工作一天，与荷兰皇家航空实验室的副总裁和技术人员洽谈关于深入开展人机智能安全飞行和运用激光测速技术改进航空测量等科学研究合作意向。

5月27日他踏上了飞往马德里的国际航班，将在位于西班牙西南部安达卢西地区的赫雷斯欧洲飞行学院训练，再从骄阳似火的赫雷斯转到阴雨绵绵的英国小城布莱顿。为了C919大型客机首飞，赵鹏和他的队友紧张地备战着。

1992年9月，赵鹏在北京航空航天大学经过4年本科学习毕业了，面对人生的第二次重大选择，他坚守童年的理想，不改初心，向班主任明确表示：去哪里都无所谓，只有一个愿望，能飞就行。当时中航工业旗下有许多单位来学校招毕业生，赵鹏完全有条件留在北京从事航空科研。但是，当他得知中国飞行试验研究院来招人时，就直接跑去询问："到院里能当飞行员开飞机吗？"招聘的领导说："我们是飞行试验研究院，当然要培养飞行员，而且是驾驶国家研制的新型号飞机进行科学试验，你们幸运，赶上机会了，国家正在发展航空飞行试验事业。"赵鹏没等领导介绍完，马上表态："我去你们单位，我从小就想当飞行员，上大学又选了北航，国家需要，就是我的志愿。"

就这样，赵鹏毅然决然地放弃了留在北京的机会，坐了一天一夜火车到了西安，又坐了3个多小时中巴，进了阎良航空城。初来乍到，天天吃面，生活不习惯，远离大城市，这里显得冷清，他思想有点波动，感到茫然。经过学习，他慢慢适应安心了，短暂的彷徨过后，他情绪振作起来。他感到这里是他航空飞行梦开始的地方，试飞院是他为国家做贡献的理想舞台。他的职业生涯十分简单，几十年只做一项工作，就是"试飞"。出了北航门，进了试飞院，一直到今天，一心一意，专心致志。从大学生到试飞员，从学员中心党委书记到试飞院副院长，从单一机型试飞到主管中国民机5个型号试飞，从普通试飞员到国家民机首席试飞员，赵鹏的成长伴随着中国民机的发展，个人的理想前途与国家民机事业息息相关，他的每一个前行足迹都与国家的改革开放步伐紧密相连。

来到试飞院两个月后，赵鹏便被送到中国民航四川广汉飞行学院学习，在两年的时间里，他系统全面地学习了航空飞行基础理论，进行了初教机、高教机的实际飞行训练，取得了几个型号的飞行执照，圆满完成了学业。儿时的梦想变成了现实。

在赵鹏的职业生涯中，完成从大学生到大学生飞行员的转变后，又完成了从大学生飞行员到研究生飞行员的角色转变。

1995年至1998年，赵鹏在西北工业大学研究生院学习飞行力学专业的公共课、专业基础课和专业课，然后在实际飞行中选择确定研究方向和课题，采集和处理数据做硕士论文，再回到课堂上请导师指导，最后通过答辩，被授予了学位，成为我国第一批硕士研究生飞行员。

"民航局万里挑一选聘我，我要以百分之百的努力为中国民机做贡献。"研究生毕业时，领导找他谈话：机会来了，为中外合作研制的民用大飞机 AE-100 的首飞做准备。他十分兴奋，紧张地准备着，心理、技术……然而天有不测风云，朝思暮想而来的不是 AE-100 飞机首飞，而是令人痛心落泪的项目下马消息，他跑到机场的跑道旁，仰望星空长叹：怎么这么难啊！

沙漠埋不住绿洲，祖国会给真正有梦想的人机会。不久赵鹏被借调到中国民航飞行学院任教，三个春秋，他与民航航空学子朝夕相处，像一个贴心的大哥哥，把自己的理论知识、实际经验倾囊而出，辛勤地培育新人，在教学中也不断提升自己，飞行小时数节节上升，从一个研究生飞行员向有丰富飞行阅历的机长教员转变。

机会又来了，国家运 12-E 型飞机研制完成，等待中国民航局适航审定试飞，局领导心急如焚，求贤若渴，在全国航空界大筛选，曾任哈飞运 12 首席试飞员的孟宪珍老师推荐了赵鹏。

千里马需要伯乐，民航局审阅了赵鹏的经历和资质，马上拍板，就是他。赵鹏不负众望，沉着冷静地完成了一个又一个试飞适航审查科目，为运 12-E 走出国门走向世界做出了贡献。这一年，赵鹏刚满 30 岁，正值而立之年。

赵鹏经常说：我做的工作只是一点点，国家为了培养我却花了 2500 多万元，我心中永远记着这本账。

2002 年，ARJ21-700 新支线飞机立项，时间紧迫，当时计划 2005 年取得型号合格证，2008 年交付航空公司运营。中国民航局未雨绸缪，提前进行了选派试飞员和试飞工程师出国培训的工作，选派 6 人前往美国国家试飞员学院培训。考核是严苛的，时任适航司司长王中和副司长周凯旋对赵鹏的飞行经历、专业知识和英语水平十分满意，但也有些担心，赵鹏隶属关系在中国航空工业总公司，民航局出经费培养中航工业的试飞员，回来后会不会不听调遣，不为民航局适航审定服务？这个"担心"不是没有缘故，民航内部已有议论：花6万多美元培养中航工业的试飞员，不是长久之计，不稳妥。中航工业也风传：民航局挖了我们多少人才，从副局长、司长到工程技术人员，现在又打试飞员的主意了，培训后调走怎么办？

时任航空工业总公司民机部部长王启明是个贤达之士，他明确表态：无论是中航工业，还是民航局，只要为中国大飞机试飞做贡献，我们都要支持。后来，两大单位专事谈判，达成共识，形成会议纪要。试飞员是国家财富，共同使用稀缺人才资源，发展民机事业。一直到现在，赵鹏、陈志远两人仍是中国民航局聘任的试飞员。

2002年的秋天是收获的季节，赵鹏、陈志远、钱惠德、周成刚、朱雪峰、王志丹不负民航局的期望，在美国国家试飞员学院短短6周中，完成了FAA（美国联邦航空管理局）试飞员/试飞工程师适航审查培训课程，携带考试合格证书回国。

6人学成归来后，立即加入了中国民航适航"国家队"，即ARJ21-700新支线飞机型号合格审查组，皆成为大组和飞机性能专业组的领导和中坚骨干。其间，赵鹏还担任了完全自主知识产权、小鹰500型5座轻型多用途飞机的首飞试飞员，这型飞机现在被中国民航飞行学院用作初级教练机。他还担任了南昌洪都航空工业公司生产的N-5A两座农林专用机的局方试飞员。他还代表局方参加了俄罗斯图-204飞机认可审定。

赵鹏心情激动，彻夜未眠，想了许多许多，想到自己飞行生涯中遇到的险情，想到"每临大事有静气"的要则。由于酷爱飞行，2001年，还是二十几岁年轻气盛之时，初生牛犊不怕虎，在陕西太白山麓的山冈上，他竟然敢在用推土机推出的一条300米的土跑道上驾驶一架没有高度表、没有速度表、没有飞行手册的两座超轻型飞机直上蓝天。座前只有操纵杆和发动机转速表，眼前是山谷悬崖，身后是茂密森林，临时跑道太短，又遭遇顺风的影响，第一次着陆飘过了一半的场长距离仍落不下来，他便加大油门拉起。第二次复飞还是落不下来，他急中生智，对后座的飞行员说："再落不下去，就落到旁边的高速公路上。"第三次着陆他急踩刹车，擦着崖边落下，停到跑道尽头森林旁，在场的人都吓出一身冷汗。虽然凭良好的飞行感觉平安着陆，但这次冒险给赵鹏敲了警钟，他发誓：我是国家重金培养的飞行员，今生今世再不干这种明令禁止的冒险事。

赵鹏说，驾驶飞机是脑力劳动，更是体力劳动，需要两者结合，理性思考判断，科学敏捷地处理紧急情况。追求飞行艺术，把天赋良好的飞行感觉与技术技能结合一体，才能达到精准、精确、精致的境界。他还体会到：飞的时间久了，就产生一种自然感觉，仿佛机翼就像身上的两只翅膀，在空中自由地飞翔，没有丝毫紧张、不安、焦虑，操作也不是机械的，而是及时、准确和从容的，甚至不看仪表盘，就能判断飞行的速度、高度。

遇到意想不到的突发情况怎么办？赵鹏说，冷静，冷静，再冷静。2004年，他飞一架科研轻型飞机，刚起飞爬升到300米高度，左舱门"嘭"的一声开了。面对这突如其来的意外情况，正在专心致志左手握杆、右手操作油门的赵鹏下意识地移开左手去拉舱门，同时对右座的赵明禹说："舱门开了，你驾驶飞机！"赵明禹反应快，马上右手握杆，左手操纵油门，赵鹏双手拼力拉舱门，但是随着飞机速度加快，压差增大，双手拉出了血，还是关不上舱门。他当机立断，对赵明禹说："我这边力臂短，把杆交给我，你关舱门。"两人快捷换手，赵明禹紧紧地用双手抓拉舱门，赵鹏从赵明禹身体下方艰难地左手握杆，右手按油门操控飞机，飞机慢慢下降，平稳落地，两人双手满是鲜血，相视一笑。如果面对突发的情况不知所措，乱了手脚，任凭舱门被风吹掉，万一砸上机尾，飞机失去方向舵，就会机毁人亡。

2008 年 11 月 28 日，赵鹏和他的 11 位队友紧张备战了 5 年，终于迎来了 ARJ21-700 首飞时刻，金壮龙特别把航天英雄杨利伟请到了上海首飞仪式现场。

　　首飞开始了，赵鹏冷静地走到飞机前，习惯性地深情抚摸一下机体，然后，冷静地带着微笑登机走进驾驶舱，平静得像往常一样，一板一眼地按程序做动作，飞机伴随发动机的轰鸣声慢慢滑向跑道，瞬间加速离地起飞。赵鹏此刻心情万分激动，这不是一般的小型、轻型飞机，这是中国首款自主研制的涡扇喷气新支线飞机，它承载着祖国和民族的希望，是中国大飞机的开路先锋。起飞的那一刻，标志着中国大飞机的梦想正式启航。天公作美，那一天，风和日丽，在湛蓝如洗的碧空下，从上海大场机场起飞，经崇明岛、长江入海口，直线距离 50 公里，赵鹏驾驶飞机凌空翱翔。这里程碑般的一起一落，仅仅 1 小时 1 分钟。然而，中国人的航空梦整整走过了 100 年，中国大飞机梦走过了 40 年，ARJ21 新支线走过了艰难曲折的 6 年，太不容易了。

　　在鲜花、掌声和欢呼声中，首席试飞员赵鹏率陈明、赵生走下舷梯，沿着红毯径直走到航天英雄杨利伟的身边，杨利伟站起身来，与赵鹏热烈握手拥抱。中国航天英雄和中国民机试飞英雄历史性的会面形成定格，两位英雄坐下来，倾心交谈，十分亲热。

　　挑剔的美国人向他竖起了大拇指。赵鹏的英文名字叫 Allen，在 ARJ21-700 适航审查的日子里，美国 FAA "影子审查" 组长汤姆·斯蒂维给他起了一个绰号：小野牛。小野牛的名号来自美国大片《壮志凌云》，影片是讲美国航空兵舰载机士兵生活与成长的故事，几个男主角都有绰号，什么 "冰人" "企鹅" "小野牛" 等。"小野牛" 东北话叫牛犊子，天不怕，地不怕，初生牛犊不怕虎。ARJ21-700 飞机的风险最高、难度最大的科目，赵鹏都飞出来了。一到试飞现场，美国人不称他的姓名，总是半开玩笑地叫他 "小野牛"。

"最小离地速度试飞"是世界试飞界公认的第一高难度试飞，这个科目全球至今只有不足 20 人敢飞、能飞，试飞风险非常大。

2013 年 5 月 9 日，赵鹏作为中国民航局局方适航审查试飞员、赵生作为申请人中国商飞试飞员共同执行这个科目试飞。跑道仅有 3400 米，飞机滑跑尾橇需擦地 3000 米，时刻有冲出跑道的风险。不允许加大油门，只能一点点加推力，小马拉大车，小油门大推力。业界称这个科目是用"刮胡刀刮脸"，尾橇就是锋利的刮胡刀，脸就是跑道，掌管刮胡刀的手轻了，刮不上，无效劳动，手重了，刮深了，宣告失败。蜻蜓点水碰一下是失败，出现蛙跳碰一下又跳起，再碰一下又跳起来，也是失败。难点是飞机离地前后，姿态不能减小；机头抬高后，看不到跑道，机身不能有一点偏差。

试飞院请来俄罗斯试飞教员，讲解要领，分解动作，多次在机上感觉、体验，油门大小如何控制，刹车如何使用，杆量的多少如何调节……从教科书中是学不会这些的，赵鹏和他的队友反复琢磨，精细训练，终于把这把"刮胡刀"玩得出彩出色。

这个科目赵鹏做了 7 次，要用不同推重比试飞，美国 FAA 专家现场观察 7 次，他们不相信中国试飞员能做成功，不在监控室看录像，坚持要求站在跑道一侧直接目击试验，冒着似火的骄阳跑到跑道上检查飞机尾橇擦地情况。看到尾橇擦地冒出火光，在跑道上磨出光亮平坦的表面，傲慢并持有偏见的美国人在事实面前服气了，他们在赵鹏面前竖起了大拇指，赞道：小野牛，好样的！

唯独有一次，赵鹏做完这个科目后在空中耗油，美国 FAA 的专家去吃饭，当他们回来时，飞机已经落地停场了。他们似是开玩笑又似是认真地说："我们没看到飞机落地那一时刻，会不会趁我们去吃饭落地，然后用砂轮打磨尾橇造假给我们看。"FAA 自己带的翻译沉不住气，气愤地抗议："这是对中国人的污辱。"美国人忙解释，这是玩笑之谈。

当年在美国国家试飞员学院培训学习时，由于表现突出，赵鹏深得导师、现任学院副校长格雷格·刘易斯赏识，这位副校长是麻省理工学院毕业的航空工程学硕士，是毕业于美国空军试飞员学校的国际知名试飞员教官，他推荐赵鹏加入了国际试飞员协会，该协会会员均有任聘世界各国试飞员资格。中国民航局的局方试飞员赵志强、张惠中后来也加入该协会。

2013年9月25日至28日，在美国加利福尼亚州阿纳海姆举行的国际试飞员协会第57届年会上，赵鹏登上演讲台，用英语作了35分钟的《ARJ21-700飞机最小离地速度试飞》学术报告，赢得全场热烈掌声，各国试飞同行纷纷与他握手、拍照合影，表示祝贺。这是中国试飞员在国际试飞论坛上的第一次发声。

2015年在瑞士琉森的国际试飞员协会年会上，赵鹏再次登上演讲台做了《ARJ21-700飞机溅水试验及分析》的学术演讲，荣获大会论文金奖，他同时由会员晋升为协会副理事，是亚洲地区第一位人选。在长达十几分钟的热烈掌声中，赵鹏的眼睛湿润了，他感到能为祖国、为人民扎扎实实做一点工作，十分激动；能够在国际试飞员的最高学术大会上宣讲ARJ21-700飞机适航审定报告，十分自豪。

飞行员是蓝天骄子，令人仰慕，试飞员是飞行员中的佼佼者，更增加了一层神秘的光环。可喜可贺，在ARJ21-700型飞机型号合格审定过程中，中国民航诞生了有史以来的第一支试飞队。其中一位是中国民航上海航空器适航审定中心试飞室负责人赵志强。有一门学问叫"姓名学"，讲的是名字与人的关系，用到赵志强身上，有些关联，耐人思忖。有志则强，小伙子英俊潇洒，剑眉亮眼，听听他的不平凡经历和故事吧。

2009年春暖花开时节，一天，赵志强走进时任中国民航上海航空器适航审定中心沈小明主任的办公室，沈主任热情地与他握手，递上一杯龙井香茗，便开门见山地问道："知道中心是做什么的吗？"

赵志强在 ARJ21 飞机自然结冰试飞现场

赵志强说："知道。代表政府维护公众利益，对航空器进行适航审定。"

沈主任又问："知道试飞员是做什么的吗？"

"知道。是驾驶待适航审查的飞机，按规章条款进行试验试飞。"

沈主任接着问他："那你想过'试'的含义吗？"

"飞机试飞员与航线飞行员不一样，'试'代表风险，我做好了思想准备。"赵志强坚定地回答。

沈小明主任满意地点了点头，语重心长地讲道："你来应聘中国民航首批适航审定的试飞员，我们热烈欢迎，中心招聘的条件十分严苛，优中选优，你被录用了，向你表示祝贺。我在维修审定一线工作十几年，有一次对一架国外飞机进行认可审定，他傲慢地问我们有没有试飞员，我说还没有。他耸耸肩，两手一摊说，那就认可他们的试飞结论。这个情景对我刺激非常大，无论是对国外飞机进行认可审定，还是对国产飞机进行适航审定，是国家主权、国家意志的体现，是国家强大兴盛的象征。航线机长有上万人，但是中国民航首批试飞员只从中招 3 人，你们肩上的担子不轻，任务光荣而艰巨。图舒服、要待遇，别来，怕出差、不吃苦，别来。中心给你们搭建事业的发展平台，你们发挥才干为中国民机做贡献。人生成功的标志不是你当了多大的官，挣了多少钱，而是看你做了什么样有价值的事儿。当你退休后，对你的儿孙们说：ARJ21-700 新支线飞机、C919 大飞机是你试飞审定的，你会无比自豪和骄傲。"

一席话刻骨铭心，沈小明主任给赵志强上了入职第一课。

赵志强是安徽宣城人，他的家乡历史悠久，文化底蕴深厚，文房四宝中的宣纸名扬四海。赵志强小时候只要一听见飞机越过山村的轰鸣声，就拔腿跑出家门仰头张望，一直看着飞机远远而去，他注定此生与飞机结下深深的不解之缘。

1994 年秋天，赵志强以优异的高考成绩走进省城合肥工业大学，在机械三系（材料科学与工程系）就读，他学习好，懂事理，同学们推选他为班长。1996 年春夏之交，中国东方航空公司来合肥理工科院校招收大学生飞行学员，消息传出，合肥工业大学、安徽大学、安徽建筑大学、安徽理工大学等校园里炸开了锅。系主任对志强说："你是班长，带个头，抓住这个可遇不可求的机会。"赵志强有点犹豫，抱着试一试的态度填写了报名表。接下来是一天接一天排着长蛇阵的体检，一轮又一轮残酷的淘汰，600 多名热血青年剩下 60 人，最后剩下 6 个人。快放暑假了，最后一次复检，又淘汰 1 名。正式录取通知书下来了，合肥工业大学赵志强与另外 4 名其他院校的青年才俊圆梦蓝天，踏上了西行列车，来到位于四川广汉的中国民航飞行学院运输机驾驶系学习专业飞行，这是他做梦也没有想到的。一年后他又被送往大洋彼岸的一家美国航空技术学院学习深造。毕业回国到东方航空公司，正式穿上民航飞行服，从副驾驶到机长，技术等级一个台阶一个台阶上升，几年后成为国家骨干航空公司的航线教员机长。

2008 年，中国民航上海航空器适航审定中心成立。2009 年的一天，赵志强在民航资源网上看到中心招聘试飞员的广告，条件是 35 岁以下，飞行7000 小时以上，教员机长飞行 3000 小时以上，并具有较高的外语水平。他动心了，自己的条件全符合，年龄在边界线内，喜欢挑战的志强决心一试。经考核考试他从众多报名机长中脱颖而出，于是有了沈小明主任与他入职谈话的一幕。

上海外滩，灯光璀璨，夜色迷人，一对情侣在黄浦江畔依偎倾谈。男主人公是赵志强，女主角是他的女朋友姜晓婷，一位美丽端庄的上海籍空中小姐。

"我要走了。"男青年说。

"去哪儿？不飞航班了，出国？我不让你走。"女青年睁大眼睛娇嗔地问。

"你听我说完……"

"我不听。你干什么都行，就是不让你离开我。"

"我要去当试飞员，还在上海搞飞行，只要咱俩不飞的时候，就能经常见面。"男青年耐心解释道。

"啊？那多危险啊！"

"民航急需试飞人员，总得有人去啊。我的条件刚好符合，错过这个机会，以后年龄增大就没资格了。你不是支持我干事业吗？"

"算叫你抓住理由了，只要你喜欢，就去吧。"姑娘温柔地倚在志强肩上嫣然笑了。

赵志强到上海航空器适航审定中心上班了。此时，ARJ21-700 飞机型号合格审查正如火如荼步步深入，审查组已经从上海移师中国航空城，在远离阎良 20 多公里的富平县天成园宾馆扎下营寨，这里出门见山，前不着村后不着店。他们经常开"夜总会"，晚饭后继续开会进行适航审定。赵志强满心欢喜来到这里与各路专家一道学习工作，没过多久突然接到紧急通知，要他马上去美国国家试飞员学院接受培训。一去又是 7 个月，半年把一年的课程和训练科目全部完成了，从上午 8 点到晚上 5 点，时间排得满满的，通过试飞初始学习、严格训练、实操考核，才准予毕业。在这个学院毕业，与在美国空军试飞员学院、美国海军试飞员学院、英国皇家试飞员学校、法国空军试飞中心毕业的学员一样可以加入全球最高级别的国际试飞员协会，有资格参加世界上各种型号飞机的适航审查试飞。后来，赵志强以优异成绩成为该协会会员。

失速和失速特性试飞是高风险科目，飞机要在不同速度、不同载荷、不同重心下，也就是在某一构型组合状况下进行飞行，通过试飞取得一定包线数据，找到边界，确定裕度，为日后商业飞行的安全提供可靠数据。还有负过载、高速特性、最大刹车能量中断起飞，以及一些中、低档风险科目，赵志强飞了；特别气象条件下的大侧风、自然结冰等科目，赵志强也飞了。

在航空史上有人称试飞员是"背着探雷器的扫雷者"，确实风险极大。申请人在设计时，充分规范了风险边界，中国民航适航审定试飞员要用数据证明符合性。

艺高人胆大，北京大学山鹰攀岩登山队有一种精神：存鹰之心于高远，取鹰之志而凌云，习鹰之性以涉险，融鹰之神在山巅。中国民航试飞队队员就是这样的"飞鹰"！

他们凭借在国外经过严格培训获得的知识技能，用自己冷静的思考、灵活的应变、高超的驾驶术，在一道道禁区边缘获取宝贵的试飞数据，为中国大飞机未来商业飞行提供安全保障。

赵志强平时话语不多，喜欢静静地躲在一边思考，但是，试飞任务一来，他经常是第一个站起来，掷地有声地说："我去！"获得批准后，他快速地整理文件做准备，收拾行李就出发。

"我去！"简短得不能再简短的两个字，干脆，坚决，是明确的态度，是果断的行动。

"我去!"挺身而出的实际行动,是情怀,是担当,扎实做贡献,让中国大飞机梦早日落在行进的足迹上。

赵志强是个孝子,父亲过世早,前些年年迈的母亲在安徽老家与哥嫂一起生活,志强逢年过节经常回去探望,清明时节,必回去给父亲上坟扫墓。

2013年清明节前几天,他风尘仆仆回到家乡,刚进哥嫂家门放下行李,远在嘉峪关大漠深处的联席试飞领导赵越让突然打来电话:"志强,你在哪里?噢,在安徽老家?是这样的,经气象部门监测到的消息,最近三四天是飞'大侧风'的理想天气,风力达到规章条款要求,机会十分难得,我特意给你打电话,要不要从上海派车去接你?"领导知道他的觉悟,了解他的品格。赵志强说:"我明白了,不用接,我会尽快赶到嘉峪关。"关上手机后,他马上到父亲墓地摆酒、燃香,祭奠一番,晚上,握着老母亲的双手,全家人吃了一餐团圆饭。第二天清晨,他在哥哥陪送下来到长途汽车站,当天就赶回了上海。次日乘早班飞机到达嘉峪关,立即投入准备,抓住了难得的气象条件,不错时机地完成了"大侧风"科目,几个测试点都飞到位,测得了有效数据。

在漫长的ARJ21-700飞机型号合格审查期间,中国民航适航"国家队"的成员平均年出差150~180天,许多人因乘机频繁成为三大航空公司的金卡会员,在每月一周集中办公的日子里,他们付出奉献,通常是利用星期天准备,乘坐下午或傍晚航班赶到西安,周一上午8点开始进入审查工作,星期五乘坐晚间航班返回。在试飞审查期间,他们加班加点,赵志强曾连续16周在阎良工作,偶尔回上海一次,在家时间不足24小时。

2012年至2014年,连续3年,赵志强在乌鲁木齐进行自然结冰试飞,每次奋战20多天。他的生日是3月11日,这3年的生日都是在新疆"追云逐冰"的日子中度过的。对慈母的挂念、对爱人的思念掠过心头,远离亲人，难免生发孤独幽思，但是在"国家队"中他备感温暖，队友们为他准备的生日蛋糕让他热泪盈眶，当生日蜡烛点燃时，赵志强许愿：祝ARJ21-700自然结冰试飞成功，祝愿中国大飞机早日飞上蓝天。

亲人的支持是前行动力，2013年初春，赵志强的母亲因严重腰肌劳损住院手术，此刻，赵志强正在乌鲁木齐进行紧张的自然结冰试飞。那是一段备受煎熬的日子，牵挂母亲，试飞进展不畅。就在他百般忧虑之时，爱妻姜晓婷起了大作用，每天晚上8点姜晓婷准时向志强报告母亲术后治疗和起居情况。小姜是上海人，口味清淡，为了老人，她每天换着样到菜馆点两三样味道浓辣的菜肴，再打上两份米饭端到老母亲床前，一边与老人聊天，一边共同进餐。老人看着漂亮懂事的儿媳，想着远方的儿子，不知不觉眼泪就流出来了。姜晓婷看出老人心事，就接通微信视频电话，让志强母子"面对面"，老人热泪滚滚。志强看到爱妻对母亲照顾得如此细致周到，挂念之心也就安定了，放下电话，他马上读书学习，思考试飞中的问题。志强悟性好，善于摸索总结，常常学习到深夜，第二天，太阳升起的时候，他又满怀信心地开始了新的探索。

从乌鲁木齐回到上海后，赵志强和姜晓婷夫妇看到母亲腰伤术后不能久坐，便买回一个投影仪，将电视画面投到白白的天花板上，老人躺在床上看，十分开心，脸上现出幸福之情。妻子如此孝顺，婆媳关系如此和睦，志强投入试飞的精力更集中、动力更足了。

自然结冰试验试飞是一次"大考"，是ARJ21-700型号合格适航审查重中之重的关键项目，这个科目对气象环境条件要求高，有具体的量化指示。申请人中国商飞、中国试飞院和中国民航局三路大军费尽了心力，在国内一个又一个机场筛选，业经多个国家和省市气象部门推荐，经过专家学者论证，选定新疆乌鲁木齐作为试验场地。

从2011年至2014年3月，3年多时间里，他们先后去了4次，投入大量人力财力，每次都有150多人的集成军团奋战。其中试飞院投资上千万元建设了乌鲁木齐、克拉玛依和阿尔泰 3 个遥感测试监控站，试飞区域扩大到 20 多万平方公里，试飞监控区域扩延到 500 公里，铺设光缆传输数据，能用上的都用上了。但是，天公不作美，千辛万苦换不来合宜的气象环境指标，液态水含量达不到 0.4 克/米³，过冷水滴直径达不到 15～20 微米量级，结冰层温度、过饱和水的结冰能力……总是阴差阳错，不能满足试验试飞条件。有时冰结上了，厚度达不到 3 英寸标准，冰层很快就脱落掉了。

2014 年 3 月，"三军"人马踏着月光再赴新疆，企盼能天遂人愿，事成圆满。然而，再三再四的努力又都成了泡影。他们心急如焚，这个科目过不去，等于"大考"落榜，直接影响和制约 ARJ21-700 飞机取得型号合格证。

上海浦东，中国商飞总部的一间大会议室里，时任中国民航局局长的李家祥正在听取 ARJ21-700 研制和适航审定报告，金壮龙满脸倦容，眼角布满血丝，沉重地讲述着自然结冰的试验试飞遇阻情况，他表示：尽管困难重重，决不降低标准，决不放弃。全场讨论激烈。如果中止这项试验，一是不能取证，二是勉强取证，要加上限制条件，括号内注明飞机不能在冰雪条件下飞行，这样会成为世界航空界的一大笑柄，让国人失望，那将是一颗苦涩的橄榄，会遭到嘲笑：中国首款喷气飞机原来是一架经不得冰雪的"娇娃儿"，还谈什么大飞机?!

大多数领导发表了十分坚决的意见：决不能让 ARJ21-700 带着限制条件取证，国内没有气象条件，到国外去。最后，大家把目光投向了型号合格审查委员会主任、时任民航局适航司司长的殷时军，殷司长斩钉截铁地说："我们曾与申请人和试飞院做过交流，决心早已下定，ARJ21-700 不仅仅是一个型号，还是国家大飞机梦的开端，必须无附加限制条件取证。我们也做过调研，美国 FAA 制定规章条款时，是在北美五大湖地区试验取得数据的，我们应该到那里去进行自然结冰试验试飞。"

谋定而后动，各方共识一致：走出去，坚决完成自然结冰试飞。"三军"被迫远行出国门，ARJ21-700 型号合格适航审定的重头戏拉开了大幕。

西岳华山的登攀路上有一块巨石叫"回心石"，如果你不畏惧，继续向前，攀过"回心石"就会豁然开朗，奇景大开，首先是气吞东瀛的"太华咽喉"——千尺幢，接着是石壁峭立、峡谷幽深的"百尺峡"，正是"幢去峡复来，天险不可瞬。虽云百尺峡，一尺一千仞"。

世间万事，何不是登山？古有逼上梁山，林教头成千古英豪；红军当年被迫长征，苦难铸就辉煌。今日中国商飞人、中国民航人、中国试飞人三路大军远行万里，来到此地，在进展不顺的情况下，靠永不放弃的精神力量奋力艰难前行。

赵志强夫妻十分恩爱，为了照顾赵志强的起居生活，妻子前不久停飞辞去了工作。赵志强为了不让妻子担忧，回家从不多讲工作中的事，飞"失速"没告诉她，飞"大侧风"科目也没告诉她。知夫莫若妻，妻子知道，他不想讲的事就是撬开嘴巴也问不出来的，干脆不问了。

2014 年 3 月，申请方决心前往加拿大温莎地区试飞。

赵志强心中清楚，自然结冰条件下试飞有很大的危险。夜，已经很深了，赵志强难以入睡，一根接一根地吸烟。妻子推了推他说："快睡吧，明天你还要出差呢。"

赵志强深情地看着妻子的脸，欲言又止，含蓄地说："妈快 70 岁了，一辈子没享过福，我没尽到责任，今后，你要帮我好好照顾妈。"

聪明的妻子听出赵志强话中有话，一下子坐了起来，说："飞自然结冰有那么危险吗？"

赵志强忙说："没有，没有，你把心放在肚里吧，回来我们就生宝宝。"

妻子笑了，说："等你从加拿大回来，我们就把妈从乡下接过来，不让她走了，永远和我们生活在一起。"

采访中，赵志强吐露心声："为了 ARJ21-700 飞机无附加条件取证，我们要到加拿大温莎五大湖地区进行自然结冰试飞，要在恶劣气象条件下，做失速、操稳等科目，风险非常大，行前我不得不向妻子做出'交代'，有思想准备总比没思想准备好。"

飞机在云层飞行中，受到冷湿气流影响，在零下 20 摄氏度低温下，机身机翼就会结冰，这些冰对飞行安全是致命的，吸入发动机后，会造成动力装置损坏，破坏气动性能，还会破坏电子探测设备和信息系统，改变飞机姿态，引发空难。

空中结冰造成的空难太多了，2009 年 6 月法航一架班机进入冰雨云层，造成空速传感器风孔堵塞而坠毁；2012 年 4 月俄罗斯一架 ATR-72 飞机因结冰失事，31 人遇难；2014 年 12 月亚航 QI8501 航班因结冰致发动机损坏，飞机坠毁，几十人遇难。

自然结冰试飞就是按照中国民用航空局适航规章中相关条款的要求，对飞机空速管、风标、风挡、机翼、发动机短舱等防除冰系统、环控系统以及在自然结冰条件下带冰后的飞机操稳性能进行试飞验证。还有更多需要评估的方面，比如在强自然结冰条件下，涡扇叶片的外端也会结冰，但这里没有防冰能力，这时就要评估结冰后对发动机的影响有多大，能否正确通过观察相应的参数来判断，能否通过发动机叶片的脱冰程序将冰甩脱，甩脱的冰会不会因吸入发动机而对发动机造成损伤等，都要进行评估。

为了自然结冰试飞，中国商飞做了大量艰辛的工作。在阎良曾做过大量模拟冰型试验，进行计算、分析，建立数学模型，然后通过软件制成结冰形状，到意大利风洞实验室去"吹"，模拟出云团状况，结出冰型，再根据风洞试验结果进行计算，评估飞机在结冰状况下的各种飞行性能，用木块、聚乙烯等仿冰型物质粘贴到飞机可能会结冰的部位（机尾翼、雷达罩等），模拟结冰对飞行的影响。从 2011 年至 2014 年 3 月，又在新疆进行实际的自然结冰试飞，均未达到理想结果。

北美苏必利尔湖、休伦湖、密歇根湖、伊利湖和安大略湖五大淡水湖，是 100 万年以前冰川运动的最终产物。其中休伦湖中有马尼图林岛，面积 2700 多平方公里，岛上湖沼众多，湖中有岛，岛中有湖，当地土著人称这里是"精灵"藏身之地。这里纬度高，大陆性气候明显，冬季时间长达 4—5 个月，是飞机进行自然结冰的理想之地。

2014 年 3 月 15 日赵鹏亲驾 ARJ21-700 飞机 104 架机从西安阎良航空城起飞，迎风冒雪、跨洋过海，到达加拿大温莎。原计划在加拿大和美国两国境内，环五大湖追云寻冰试飞，没想到 2014 年美国颁布一项航空法令：只允许中国飞机沿着航线飞行，不允许中国飞机偏离航线。业界都很清楚，试飞飞机不可能在航线上飞行，这是常识。实质就是限制在五大湖美国一侧试飞。

面对限制，必须据理力争，勇于说"不"。4 月 1 日，中国 ARJ21-700 型飞机试飞团经过艰苦的谈判，申请到了美国航线试飞权，并打了个"擦边球"，偏离航线追到了自然结冰云团。但是，仍未满足适航规章条款的要求。

事实上，五大湖地区美国一侧形成自然结冰条件更充分，那里生成的结冰云团多，更易于捕捉满足试飞的气象条件。迫于上述情况，最后只得在五大湖加拿大一侧安大略省的温莎安营扎寨。不觉间 10 天过去，温莎天亮得早，当地人四五点钟就起床到户外活动了，试飞团的同志们入乡随俗，也早早起床，各司其职，中国适航"国家队"七个专业组的审查代表做好了充分的准备工作。但是，一次一次的试飞，都没有令人惊喜的信息，人们心情低沉，心上像坠着一个巨石，困难和问题也接踵而来。发动机等一些科目试飞完成了，但是自然结冰条件操稳的试飞还未能实现，条款要求在 3 英寸冰厚的情况下试飞，这是举足轻重的关键科目。

4月8日，中国民航局方试飞员赵志强驾机，试飞院试飞员赵生、局方试飞工程师徐骏驰、加拿大领航员以及申请人试飞工程师、机务人员共9人执行试飞任务。加拿大有关方面给出的气象信息并不理想，当天的结冰成功概率只有25%。飞了两个多小时，没追到可结冰的云团。

飞机起飞时晴空万里，飞到预定空域时，突然遇到麻烦，通信系统中断，与地面联系不上了，人们当时想了很多办法，机上的通信是通过塔台对公众开放的，通过网络监听，飞行员可以与塔台通信联络，周成刚便通过塔台的网络收听飞机信息，了解飞机位置和飞行动作情况。自然结冰是最大的高风险科目，通信系统失灵，又在境外，大家都很紧张，通过塔台与飞机联系上，间接知道飞机情况后，天色已晚，油料也快耗尽，准备第二天再飞。返航途中，赵志强突然发现正前方有一块积水云团，他判断那是一块难得的结冰云团，便迅速申请航行空域，得到空管许可后，果断地冲进云团。

赵志强的这一"冲"不是盲目碰运气，而是他综合能力的体现，是他整体素质的体现，是他诸多知识的多年积淀，是他多年苦练试飞技术的结果，也是他4年新疆自然结冰经验教训领悟的结晶。

试飞工程师徐骏驰激动地站起身，双手死死地抓着工作台的边缘，观察记录数据，对着结成的冰块拍照，直到冰块完全脱落，才回到后面座位上，仰头喘了一口粗气。他惊喜地喊道：结冰的厚度达到了3英寸，符合进行操稳试飞条件。赵志强迅速做了一系列大纲要求的操稳科目试验，飞行动作准确利落，成功地取得有效实验数据。

当地时间下午6点28分，1000104架次飞机安全降落在温莎机场，申请人罗荣怀、赵越让等领导和全体同志激动地跑上前去，迎接凯旋的英雄，人们像绿茵场上获胜的队友簇拥进球功臣一样，把赵志强高高抛起。

人们无法用言语表达无比喜悦的心情，整整4年，多少人吃不香、睡不稳，投入了多少精力、时间，今日终于有了结果，太不容易了。来到北美五大湖地区后，时间一天天飞快过去，理想的结冰环境迟迟不到，再拖延下去天气变暖，投入了大量的人力财力没能圆满完成任务，更重要的是取证还要延期，怎么向公众交代说明？如今，赵志强一"冲"大功告成，太令人激动了。

晚餐上，领导宣读了金壮龙和贺东风从上海发来的贺电，大家欣喜不已。加拿大领航员端着高脚杯走到赵志强近旁说："你敏锐发现云团，像豹子一样冲了进去，我佩服你！"赵志强淡然笑着回答："任何一位中国试飞员都会这样做的，机会来了，不容许犹犹豫豫。对不起，当时没有征询你的意见。空管答应同意后，我就冲进了云层。我们等待太久，我必须抓住时机。"那位领航员听后，高高举起酒杯向赵志强表示祝贺。

事前，曾邀请美国FAA专家到现场指导，他们含笑谢绝，大部分专家未到场。事后，美国FAA专家说："我们心里很清楚，五大湖地区是世界上自然结冰最理想之地。你们到了温莎，一定能抓住机会获得成功。"

有志则强，赵志强为ARJ21-700飞机自然结冰试飞适航审定立了大功。

2014年5月23日，习近平总书记视察中国商飞公司时，接见了赵鹏、赵志强两位杰出的试飞员。

赵志强说："听到作为有功人员的代表参加习主席接见的消息时，心情十分激动，一夜未眠，想了许多。如果没有祖国和人民的培养，没有领导和同事的支持和帮助，就不会有我的成长，我做了一点自己分内的工作，却给了我这么高的荣誉，十分感恩。"

当习总书记那温暖的大手伸向赵志强时，他激动得热泪盈眶，暗下决心，以更加努力的学习和工作，做好C919的适航审定试飞准备，让中国大飞机翱翔蓝天。他只顾实干，不慕荣耀，这就是民航人引以为豪的中国民航试飞员本色。

中国飞行试验研究院是新中国国产飞机的保育院，为众多军机、民机的健康出生做出了卓越贡献。ARJ21-700型号合格审查组要求对100%高风险试飞科目进行审查，试飞的工作量是波音、空客试飞工作量的3倍，是国内外民机试飞工作量最多的，试飞院重担在肩，任重道远。

ARJ21-700要远行出国门去温莎进行自然结冰试验试飞，试飞院开始了紧张的准备，确定赵鹏为带队机长，试飞员有赵生、赵明禹、张启龙，试飞工程师8人，其中试飞院6人，中国商飞试飞副总师1人、机务1人。飞机远行出国门试验，被迫进行"环球"飞行，行程31000公里，途经10个国家、18个机场，一路上经受了种种恶劣天气的考验，遇到了许多意想不到的困难，以顺利返回祖国为结果，向世界宣告了：ARJ21-700飞机经受了比适航审查还严酷的真实考验。赵鹏全程在左座主驾，他和他的队友谱写了中国试飞史上的光辉篇章。

笔者特将他们此次远行的具体情况记事于此：

2014年3月15日，12名勇士装上航材、工具还有方便面、火腿肠、矿泉水，从阎良出发，飞抵哈尔滨，等待天气。

3月19日，天气晴朗，从哈尔滨起航出境，计划当天飞行6小时，在俄罗斯雅库茨克经停加油，然后飞行下一站。一路飞行顺利，赵鹏也适应了空管方面的俄式英语。没想到，飞机在雅库茨克一落地，马上上来了机场当局、海关、边检、检疫、防暴等七八个穿各种制服的人，有的头戴钢盔，荷枪实弹，要求机组12个人全部提行李下飞机出海关接受检查，再入海关上飞机。他们有他们的职责，可以理解，对境外一架试验飞机进行检查是公务，但他们的面部表情和肢体语言甚是冷漠、严肃，甚至打开飞机上的工具箱，要进行检查。

赵鹏把腰一扗，大声说："我是这架飞机机长，要对飞机负责，机组12个人全部离开飞机是不可能的。我不知道机组全部离开飞机会出现什么情况，如果被装上多余物品或危险品，谁来负责？我能接受的是11人可以下去接受检查，我一个人留下守机，如果当局认为需要，他们回来后我可以再下去。"赵鹏警觉性很高，他把飞机看得比生命还重要，决不离开飞机，万一被恐怖分子钻空子塞上炸弹怎么办？俄方认为他说得有道理，接受了他的意见，护照交队友办理。一个多小时后，队友们登机，俄方人员知道了他们的任务，冷漠的表情变得友好了，好奇地欣赏飞机并微笑告别。

到达堪察加半岛的彼得罗巴甫洛夫斯克机场，已经是深夜 11 点钟了，延误了 3 个多小时。一路飞越西伯利亚冻土荒原地区，苍凉荒漠，如同穿行在月球之上。他们计划休息一天，隔日再飞。万没想到在彼得罗巴甫洛夫斯克收到前方白令海峡暴风雪肆虐的警报。白令海峡地处高纬度，气候寒冷，多暴风雪。天意不可违，没办法的办法就是耐心等待。一天两天过去了，暴风雪没停，三四天过去了，暴风雪的警报还没有解除。12 条汉子12 双眼睛，天天盯着电脑看天气预报，心急如焚，饭无味觉不香。白令海峡风速一直超过 100 公里/时，垂直能见度不足 30 米，根本无法正常起降，机场无限期关闭。

3 月 23 日，天气略为转晴，风力减弱。凌晨 4 点，赵鹏叫醒队友，5 点钟赶往机场，立即进舱各就各位。他不停地搜索气象预报，向当地空客要天气资讯，值班的是一位女士，操着俄式英语与赵鹏对话，赵鹏问："是没变化还是没机会？"女管制员明确地回答："天气既没有变化，你们也没有机会。白令海峡的暴风雪还在继续，恶劣的天气没有变化；你们没有机会起飞。对不起。"赵鹏和他的队友一个个像泄了气的皮球，失望地抱着行李走下飞机，只能到旅馆等待。

等待，煎熬般的等待，赵鹏房间的门一直开着，他一直站在落地窗前望着天气发呆。他在想国人的期盼，领导的重托，飞机的命运。再延迟下去，赶到温莎，结冰季节过去，怎么办？在俄签证 26 日到期，怎么办？

事情往往糟糕到极点就开始向好的方面转化，队友搜到 26 日白令海峡地区阿纳德尔机场有两小时晴好天气，必须在中午以前落地，下午又将有一场更强烈的暴风雪。

两小时，珍贵的两小时，不容迟缓，不可犹豫，否则，搁浅在阿纳德尔，强暴风雪来临，飞机在极度低温下，各系统连接密封处冻裂漏油，后果不堪设想。签证过期失效，找大使馆都来不及，那才是雪上加霜，临时找其他机场备降，也是困难重重。白令海峡的暴风雪是大面积的，必须把握这珍贵的两小时飞过去。

赵鹏当机立断，争分夺秒，把握这珍贵的两小时，抓紧从彼得罗巴甫洛夫斯克起飞，到达阿纳德尔机场，只见跑道三分之一宽度的地方都被厚厚积雪覆盖，跑道三分之一长度的地方都是放出亮光的冰层，落地不能用刹车，否则飞机就会打滑侧翻。赵鹏冷静稳妥地利用反推慢慢减速。滑行道白茫茫一片，隐隐约约可见路面，如果没有引导员用灯光棒引导，根本无法前行，感觉像在时而松软时而坚实的雪堆中滑动。

加油员十分友好，表现出惊奇和敬佩的神色，加完油后说："你们这架飞机是一个星期以来降落的唯一一架飞机，快走，暴风雪马上来临，本场航班都已取消，机场马上关闭。"果然，起飞不久，阿纳德尔机场附近狂风大作，风雪漫天，再晚几分钟，飞机就不允许起飞了。

白令海峡，亚洲和北美洲的最短海上通道，地处北冰洋和太平洋之间，神秘又神奇。赵鹏和他的队友没有心思欣赏沿途的自然风光和壮丽景色，一直在紧张地各司其职。在做远行预案时，他最担心的是通信失效，系统出故障有备份，一旦通信失效，没有应答，本来语言沟通就不畅，地形、天气情况复杂多变，人家把你当成进入他国领空的飞行器，击落你都有苦说不出。还好，ARJ21-700争气，通信系统经受住了考验。

3月26日晚，机组抢在暴风雪之前到达白令海峡彼岸的美国阿拉斯加半岛的安克雷奇国际机场，经提供服务的FBO（位于机场或邻近机场的为通用航空飞机提供服务的基地或服务商）精心安排，赵鹏和他的队友走下飞机后受到走红地毯的高礼遇迎接。

3月27日，他们马不停蹄，从美国安克雷奇经加拿大圣乔治王子机场到达温尼伯格。

3月28日，他们争分夺秒，从温尼伯格直达试验试飞大本营温莎，时间是当地时间上午11点，北京时间晚上11点。抵达温莎后，赵鹏身份由调机带队机长变成了试飞现场试飞总指挥。

自然结冰试验试飞圆满画上句号后，赵鹏又开始了调机返回的紧张筹划准备工作。航线如何选择？来时一路由西向东，全是顺风，如果原路返回，由东向西，则一路逆风，2000～2200公里的航程要缩短，再从阿拉斯加飞越白令海峡已不可能，除非天气绝好，风平浪静。

反复权衡决定继续向东飞，跨越北大西洋，经由欧亚大陆返回。咨询公司帮助设计了两条航线。一条经西欧、东欧、乌克兰、俄罗斯返回，这是一条最短距离的国际航线。另一条经利比亚、埃及、沙特阿拉伯、伊拉克、伊朗、巴基斯坦、印度返回，横跨整个阿拉伯半岛。两条航线均被赵鹏否定。赵鹏有清晰的政治头脑，ARJ21-700是"国宝"，安全第一，一定要避开战乱、麻烦、不安定地区的上空，安全出来，也要安全返回，不能有半点闪失。他周密思考，设计了一条航线，从加拿大、美国出来，经丹麦格陵兰岛、冰岛到挪威，再入挪威经奥地利、土耳其、哈萨克斯坦进入乌鲁木齐回到阎良。

一波三折，当把返程计划交给丹麦格陵兰岛和冰岛后，遭到拒绝，因为他们要过复活节，从4月15日到4月22日，放假一个星期，他们认为圣诞老人是他们北欧人，复活节是仅次于圣诞节的重要节日，22日以后才接收飞机正常工作，返航计划只得顺延。

4月21日，为了节省时间，他们从加拿大温莎起航，飞临距格陵兰岛最近的加拿大东北部的古斯贝机场，准备次日飞往格陵兰岛。这里邻近北极圈，纬度高，飞机飞到北纬67度，温度达到零下20多摄氏度。

4月22日，他们离开古斯贝机场到达北冰洋中的格陵兰岛努克斯机场。这个机场在一条沟壑之中，两边是峭壁，飞机落地如同钻进地道一样，稍有偏差，便有事故。赵鹏小心翼翼，平稳着陆，机场服务好，加油快捷。

加油后他们飞往冰岛雷克雅未克机场，落地时遇到时速118公里的大风，比大侧风试验试飞的风速还要大。从2008年首飞以来从未遇过如此大的风，这对飞机、对飞行机组都是严峻考验，地处北冰洋周边没有备降机场，赵鹏稳稳按程序操作，平稳着陆，机舱里响起热烈的掌声。

美国航空气象专家本·波尔斯坦先生给赵鹏发来贺讯：如此大风，你能落下来，好样的！

风力很大，飞机落地后，挡上轮挡刹牢，飞机还是被吹得左右摇摆，哗哗作响，他们费了很大劲才打开舱门。机场两名加油员抓梯子加油时，被风吹得摇摇晃晃。

加满油后，飞机起飞飞向挪威奥斯陆。奥斯陆是北欧地区最大的国际机场，服务规范，管制员英语标准。赵鹏他们日行5000公里，飞过3个国家，非常辛苦，到奥斯陆后吃了一次像样的晚餐，在此过夜。第二天上午他们租了一辆商务车，到挪威湾和大歌剧院，这是赵鹏带队友第一次观赏异国风光。

当天下午飞往奥地利首都维也纳，不知维也纳媒体如何得到的消息，赵鹏和队友下飞机后，就受到明星般的追捧，从机场到酒店的路上，有3辆汽车从车窗伸出"长枪短炮"，录像拍照不停，到酒店后又遭到围追堵截，采访提问不停，当地人特别友好，对他们非常好奇感兴趣。赵鹏简洁自豪地回答："这是我们中国自主研制的新型喷气支线客机，是不远万里来做试验试飞的。谢谢大家对中国、对中国民机的关注。"

第二天，维也纳报纸铺天盖地报道了"中国大型客机亮相"的消息。

4月25日中午，他们准备飞到土耳其安卡拉，在那儿过夜，次日飞经哈萨克斯坦，加油后，一口气飞回乌鲁木齐。然而中间又出了状况。维也纳机场当局不允许起飞，原因是飞行计划还没得到批复。赵鹏急了："计划早报过了，安卡拉不接收吗？"答复是："安卡拉接收，但是波兰、罗马尼亚不同意你们飞越。"真是节外生枝，赵鹏赶紧叫负责航务的机组人员与家中联系（此刻上海、阎良是深夜），紧急通过国际民航组织协调，折腾了 4 个多小时，到安卡拉时已经是晚上 10 点多了。赵鹏关心队友，记得 4 月 25 日是赵明禹的生日，到酒店放下行李给明禹过了一个简短而又热烈的生日，以饮料代酒，没买到大蛋糕，用小蛋糕代替，他们在欢快的"祝你生日快乐"歌声中度过了不平常的一天。

4 月 26 日清晨，赵鹏一行在安卡拉机场过了安检，准备登机时，又收到本·波尔斯坦先生的一封电讯："Allen，我强烈不希望你明天飞越哈萨克斯坦，我强烈建议你在土耳其多休整一天。因为明天哈萨克斯坦天气，特别是首都天气非常恶劣，不仅有大风、雷暴，而且还有风切变，我不认为这是一个适合飞行的天气。"作为知名航空气象专家，他提出的警告一定是有根据的，但是，这封语气如此重的邮件对赵鹏来说已经太晚了。取消飞行，似乎已经不太现实，这注定是一场挑战。原计划起大早，飞行 5000 公里，一口气到乌鲁木齐的。第一站是哈萨克斯坦的阿特劳，第二站是哈萨克斯坦首都阿斯塔纳，第三站就是乌鲁木齐，只有选好备降机场硬着头皮飞。

第一站阿特劳的天气还是不错的。本·波尔斯坦先生说得非常准，阿特劳机场在海平面以下，像吐鲁番盆地一样，飞机第一次飞到负海拔标高的机场，又创造了一个纪录。

低海拔比高海拔好飞，第一站阿特劳风平浪静，向第二站阿斯塔纳飞行前，赵鹏向管制员要了天气情报，与本·波尔斯坦先生说的一模一样，大风、雷暴、风切变，都出现了，怎么办？就地停飞手续还没办理，如果办，十分烦琐，他最后决定，向前飞，到备降机场落地。

于是，他选了两个备降机场。赵鹏转念一想，如果有其他飞机能落地，我也要落。当飞机从阿特劳飞到阿斯塔纳时，从雷达上看到机场上空红红一片，典型的雷暴和风切变云团。他在管制员引导下绕了一个弯子，果断地在两块雷暴云团之间穿越过去，也就是在第一块雷暴云团过后，第二块雷暴云团紧压过来之前的缝隙落地。好在阿斯塔纳的天气与新疆一样，澄清透明，雷暴云团滚翻的样子看得通透清晰，不像有的地区是"米汤天"，模糊一片看不清。

20多年的飞行生涯，赵鹏第一次这样操纵飞机，油门一会儿加到最大，一会儿收到最小，速度表嗖嗖地大幅度摆动，飞机扭动得特别厉害，油门像拉风箱一样，平时是轻柔地操纵，这时却像在健身房练拉力器一样，必须下力气控制。飞机落地时，大家情不自禁地异口同声喊：赵院，太牛啦！

落地后，赵鹏给本·波尔斯坦先生发了一封邮件，本·波尔斯坦先生给赵鹏回信：Allen，飞得漂亮。

4月26日当晚他们到了乌鲁木齐，睡了两天，4月28日早晨从乌鲁木齐出发，飞回阎良。中国商飞贺东风和中航工业耿汝光率领相关人员来到阎良，举行了一个盛大隆重的欢迎仪式。专门搭建了一个水门，迎接环球飞行回来的ARJ21-700，迎接中国大飞机的试飞英雄凯旋。

ARJ21-700在适航审定试飞实验期间，环球飞行3万公里，通过了自然结冰"大考"，2014年12月成功取得了中国民航局颁发的型号适航审定合格证。从此万里蓝天下，有了第一款中国拥有自主知识产权，取得中国民航局颁发的型号合格证的喷气客机，震惊了世界。

第二十三章　　理想在蓝天

　　青年，风华正茂的人生季节，对未来充满向往和激情，怎样踏浪而行、迎难而上去实现理想，让青春闪光？这里讲两位 C919 大型客机试飞工程师的故事，也许会得到答案。

　　第一个故事的主人公叫马菲。"菲"是古代芜菁一类的植物，花开呈紫红色，香味浓郁，常用来给女孩子起名用……为什么马菲的父母给独生的儿子起名叫"菲"，不得而知，但是有一点可以肯定，希望儿子的前程如花似锦，生活美满芳香。

　　小时候的马菲对天空充满好奇和想象，他的家乡在中原之中的河南许昌，上学的路上，他常常望着朝霞满天的天空凝思，回家的路上常常对着残阳如血的天空发呆。最开心的事，是在成都飞机制造厂工作的舅舅休假回来，他像跟屁虫一样粘着舅舅讲飞机的故事，晚上做着香甜的梦，跟着舅舅一起设计飞机、制造飞机、驾驶飞机，飞上万里蓝天。高考的时候，同学们还在左挑右选报考的学校和专业，他却不假思索，毫不犹豫地在第一志愿栏内填上了与舅舅一模一样的西北工业大学飞机设计专业。设计歼-10 飞机的舅舅是他心中的偶像，大一放暑假的时候，他未回许昌，去了成都，亲眼看到了真实的歼-10 飞机，高兴得睡梦中都笑出声来，回校后学习更加刻苦了。

2008 年，马菲以优异的毕业成绩走进了中国商飞上海飞机设计研究院，迈入了实现梦想的第一道大门。

2010 年，中国商飞试飞中心成立，张榜招聘青年才俊，在航空公司招选试飞员，在公司内部招选试飞工程师。试飞工程师是干什么的？开始他一无所知，后来慢慢知晓试飞工程师与试飞员一样，要在 ARJ21-700 飞机上和 C919 大型客机上进行跟飞、跟试、跟产。

他高兴地回家对爸爸妈妈说："我要当试飞工程师。"当了一辈子医生的爸爸默然，没有说同意还是不同意，妈妈则显出了焦急和不安，一个劲儿地摇头说："不行，不行，太危险了。"

爸爸开口了："离开地面上了天，就有风险，国家这样的大事，总要有人去做，不是咱家的孩子去做，就是别人家的孩子去干，去吧。"

妈妈说："家里就你一棵独苗儿，你可千万要小心啊！"

不久，马菲等第一批被千挑万选出来的试飞员、试飞工程师踏上了南非大陆，在那里的国际试飞员学院开始了一年的紧张培训。他有很强的领悟性，20 多门理论课和实操课都是优秀。

回国后，马菲马上到 ARJ21-700 飞机试验试飞的第一线，与中国飞行试验研究院、中国民航局型号合格审查组的同行们，北上斗严寒，南下战高温，西进迎风沙，东赴自然结冰试验，一路走来，他的皮肤黝黑似铁，肩膀硬如磐石，心态也更成熟了。

近两年，马菲和 C919 大型客机机组的学习、训练更忙碌了，迎接他的是 C919 首飞大考，就要在自主研制的飞机上直冲蓝天了，儿时的梦想终于要实现了。

首飞之前，他思虑万千，试飞毕竟有风险，他首先想到已过花甲之年的父母，想在首飞之前说点什么，有个交代。说什么呢？交代什么呢？他左思右想，前思后想，感到没有必要，那样会让二老一直心悬挂念。

2017年5月3日全家像往常一样，平平静静喜喜乐乐吃了团圆饭，他没说半个飞字，心知肚明，避开了试飞首飞话题。晚餐后，他对在上海飞机设计研究院工作的爱人说："我们出去散散步吧。"他想在散步时说点什么，爱人说："我忙了一天，有点累，你明天就要入住酒店，后天要首飞了，早点休息吧。"马菲没有强求。

第二天，马菲收到爱人的微信：我忙晕了，昨天是我们的结婚纪念日，难得你一反常态，那么有闲心要去散步。等你一飞冲天的好消息，首飞任务后再补吧。放心地去飞吧，家里一切有我呢。爱人的贴心话像一股暖流，给他增添了力量。

5月5日首飞的情景在别的章节都说到了，不再赘述。

滑行试验的日日夜夜却让他常常想起，难以忘怀。马菲说，C919首飞成功是水到渠成的事，首飞前滑行试验却是一关又一关，闯过这些难关才是最艰难的。

从2016年12月28日到2017年4月23日，每到滑行日，当人们还在香甜的梦乡之中时，机组人员就已起床，踏上前往机场的中巴了。东方破晓，天边泛起了鱼肚白，机组已经紧张地开始做滑行准备了。正值冬春两季，上海不像北方那样寒冷，但清晨还是冷气袭人。

2016年12月28日，飞机初次滑行，出师不利。舱门干涩关不上，几个人用尽了吃奶的力气，最后还是机务在外面助力，才关上舱门。发动机启动后，机长蔡俊松刹车，刹那间，飞机剧烈抖动，副驾驶吴鑫又试，仍是抖动，并伴有杂音，他们只得停止试验。经查刹车压力参数有问题，说明事情不是一帆风顺、想成功就能成功的。

期望越大，失望越大，所有人为了这一步，做了太多太多的付出和准备，太多人期待C919迈好第一步，一路顺畅。但是，严酷的现实说明一帆风顺不可能是常态，试滑就遭遇"啃"刹车，就像一个婴孩刚迈开第一步就摔倒了。所幸他们很快查到了原因，让供应商修改软件，时隔一个月，解决了问题，初滑又开始了。

2017 年 2 月 28 日至 3 月 18 日，他们进行了几场低速滑行，完成了试验点试验要求，发现一些问题，出现一些告警信息，通过修改软件和控制律得以解决。

2017 年 3 月 26 日至 4 月 13 日，C919 进行中速滑行，一场又一场，又是艰难的任务；一次又一次，又是严峻的考验。他们同样凌晨 3 点起床，在黎明前的黑暗中开始准备会，拿着手电筒做各种检查。初升太阳送来慰问的霞光，明朗的蓝天向这些年轻人招手，又是一次加速，一个台阶又一个台阶地攀登，认真严谨地试验，刹车温度高了，停车降温再试。降落伞伞包太重，背着不方便操纵，干脆不背。飞机在，人在；飞机万一有意外，愿与飞机共存亡。经过反复试验，他们越滑越熟练，机组 5 人配合默契，各司其职完成所有试验任务。

2017 年 4 月 3 日，中速滑行结束了。这一天，马菲感觉非常累，头皮发胀，浑身无力，航后连续参加空管协调会和首飞讨论会，晚上 8 点多钟才回酒店，他没有洗澡，一头扎到床上就睡着了。

C919 首飞机组太累了，他们还是贪睡的大男孩，深更半夜起床，高度紧张地工作，外人看着他们很光鲜，有谁知他们经受的劳累与煎熬。

2017 年 4 月 13 日，中速滑行后，贺东风来到 C919 飞机旁，迎接机组，表示慰问，参加航后总结会，勉励机组再接再厉，迎接更高速度、更高难度的考验。

2017 年 4 月 16 日，C919 高速滑行开始了，机组充满信心，一次比一次完美，一次比一次成功。高速滑行是接近首飞状态的滑行，特别是高速抬前轮滑行，一加油门，飞机瞬间就可以离地飞起来了。为了完成这一任务，4 月 22 日，机组又到工程模拟机上进行了一次复训，真是飞行一瞬间，之前要训练上百遍，重复再重复，百分之百为了成功那一天。23 日，天公作美，万里无云，C919 像迎接大考，机组也像迎接大考，指挥监控大厅里坐满了专家、学者和领导，人们紧盯着大屏幕，等待激动人心的那一刻。

9点整C919滑到跑道端头准备执行第一次高滑抬前轮，塔台给了放行指令之后，机长蔡俊问了一句："大家准备好了吗?"钱进、吴鑫、马菲和张大伟齐声响亮回答："准备好了!"这声音底气十足，充满自信。

随着发动机的轰鸣声，速度疾速上升，冲到了高滑状态，机长将油门杆往前推了一点点，然后开始做抬轮动作，飞机姿态角从2度开始一直达到了5度，抬轮姿势保持了整整11秒钟，指挥监控大厅响起了长时间的热烈掌声，许多人眼睛中满含热泪。

21次滑行试验，机组经受了考验，马菲作为一名试飞工程师，在C919大型客机首飞中付出了辛劳，做出了自己的贡献。马菲说："当C919腾空而起的那一瞬间，我心中产生一个奇妙的感觉，这个感觉在我人生路上第二次出现，第一次是我的女儿4年前诞生那一刻。"

青春是一首歌，理想是人生的梦，马菲用自己的行动把理想写上了祖国的蓝天。

自古以来有"巾帼不让须眉"之说，在今日中国商飞可以看到许多女性的英姿，如总装制造中心总工程师姜丽萍、被誉为"上飞院的四朵金花"的4位女部长等。

在试飞中心也有两位杰出的女同志，一位是李楠，她先做试飞工程师，后考取了商业飞行执照，现在在家中休产假，没能采访到她，日后她将与男试飞员一起，驾驶C919大型客机翱翔在祖国的蓝天。

另一位女试飞工程师叫乐娅菲。我最初在试飞中心的宣传栏上看到她的照片，穿着藏蓝色飞行装，神采奕奕地站在主席台前演讲。再次看到她是在试飞中心指挥监控大厅，她来去匆匆，忙前忙后。首飞过后，去试飞中心采访时，她却躲到了幕后。还好，通过领导和同志们的介绍，我间接了解到这位低调而优秀的女试飞工程师的故事。

2017年5月5日，C919大型客机首飞时，还有一架东航的伴飞飞机执行空域气象探测、空中故障提示和空中摄影等任务，这架伴飞飞机上也有两名试飞工程师，其中一位就是乐娅菲，她娴熟地坐在客舱座位上，聚精会神地观测、记录技术数据，出色地完成了任务。当人们欢呼，献花给C919首飞机组时，乐娅菲和伴飞机组悄然躲开了人们的目光。

乐娅菲是一个土生土长的上海女孩，瘦弱的身材，秀气的面容，在熙熙攘攘的繁华大街上，她毫无吸引人们眼球之处，但是，她却有着强大的气场，透露出不同凡响的特质，她的骨子里有股倔强坚毅，她内心有着强大的力量，要做与男孩子一样的事。

大上海的女孩子报考大学，一般都选择医学、经济、中文等专业，她却出乎人们意料，上了复旦大学航空航天系飞行器设计与工程专业，令学哥学弟们刮目相看，她的一举一动、一颦一笑都吸引了众多异样的目光。复旦，如雷贯耳，航空航天系，令人神往，从小就做"上天摘月亮"梦的乐娅菲开始了在知识天空中的遨游之旅，她废寝忘食，如饥似渴。家在大上海，她却回家不恋家，把全部精力都投入到了学习上，把别人逛街、玩游戏的时间都用在读书和做实验上，她心中有理想：在校多学知识，将来才能飞得高远，因为飞机设计专业需要掌握众多学科和前沿理论知识。

4年的寒窗苦读，毕业去向何方？她可以转行入外企，拿高薪，还可以攻读学位，将来出国深造远走高飞。乐娅菲下定决心，这辈子学飞机设计，就要干飞机设计，绝不偏离专业。时逢中国商飞"招兵买马"，她以优异的成绩进了中国商飞上海飞机制造有限公司，一头扎到基层，当了工装设计员，她扎实肯干，学问又好，深受同事欢迎。

2011年，中国商飞从系统内招收试飞工程师，乐娅菲动心了。这是她梦寐以求的心愿，试飞工程师与试飞员一样，在自己设计的飞机上直上蓝天，进行试验试飞，是多么美妙的事情啊！"行"与"不行"开始在脑中打架，我能行吗？身体能合格吗？结果，体检，英语考试，外籍专家面试，一关又一关，她闯关成功。

接下来，是艰苦的赴美国培训。莫哈维航空基地旁美国国家试飞员学院，可以说是世界航空试飞员的摇篮。那里的训练是严格的，几近苛刻，考试方法是奇特的连环选择题，前一题的结果是第二道题的已知条件，一题答错，20多道题皆错。乐娅菲用全部精力一本本地啃大部头的理论书，与男生一样刻苦地进行飞行实习训练。

开学典礼时，校长罗伯特先生致辞说："这里没有人种区别，没有性别区别，只有对征服蓝天的共同追求。"这句话好像是对乐娅菲讲的，她感到热血沸腾，暗下决心学好本领，报效祖国！

一年之后，踌躇满志的乐娅菲回到上海，又告别父母，远去阎良，参加外场试验队，投身到ARJ21-700新支线飞机的试验试飞中。一晃两年过去，有时一连几天在空中飞行七八个小时，飞机做操稳、失速试验，男试飞工程师有时都感到身体不适，乐娅菲却从不叫苦，坚持跟飞，一丝不苟地做测试记录，认真仔细写报告，先后完成了《ARJ21-700飞机甚高频全向信标/测距器适航审定试飞技术研究》《ARJ21-700飞机甚高频全向信标适航审定试飞报告》《ARJ21-700飞机空中交通管制应答机适航审定试飞报告》等，为该型机试验试飞成功做出了贡献。

天下父母谁不关心自己的亲骨肉？天下儿女哪一个不牵挂爹和娘？乐娅菲是独生女，是一个懂事听话的乖乖女，但为了中国大飞机事业，她把思念埋在心底，一心扑在外场试飞试验的蓝天上。微信、电话成了联系情感的纽带。每次父母问："飞得多不多？工作累不累？"娅菲总是在视频中露出笑脸："我不是挺好的吗？我不在身边，你们要保重身体。"

她的梦想是"效法羲和驭天马，志在长空牧群星"，乐娅菲用她的青春和热血书写着试飞工程师的壮志豪情，书写着一代有志女青年圆梦蓝天的华美篇章。

如果说试飞员是蓝天上勇敢的舞者，那么试飞工程师就是云端豪迈的歌者。他们和乐而舞，心会而蹈，演绎着蓝天云端壮美、精彩的歌舞华章。

第二十四章 "我就是农民"

C919 大型客机成功首飞，背后有大量感人的故事，有大批脚踏实地默默奉献的先进人物，有许多跨行业、跨系统、跨地区联合攻关，创造科技成果的突出事迹，本篇讲述中国商飞上飞院结构强度部与中航工业强度研究所强强合作，一次性完成 C919 全机静力试验的事迹。

限制载荷静力试验是飞机强度试验最基本最重要的试验项目。限制载荷，指的是飞机在全寿命周期内可能遇到的最大载荷，出现的概率是 10 的 −6 次方；极限载荷指的是在限制载荷的基础上考虑 1.5 的安全系数所得到的载荷，可以简单地理解为限制载荷的 1.5 倍。飞机结构设计时是按照极限载荷设计的，也就是说在极限载荷状态下飞机结构不会破坏。限制载荷试验指的是通过加载系统来模拟飞机承受限制载荷时的状态，成功的判据是，飞机结构（含紧固件）不允许破坏，且结构无有害的永久变形。极限载荷试验指的是对飞机施加极限载荷，来验证飞机结构的承载能力，成功与否的判断依据是飞机结构是否丧失承载能力。适航条款规定，在首飞前必须完成必要的试验验证工作，并没有指明必须完成的试验项目，而 C919 飞机首飞前，几乎完成了全机所有载荷包线情况的试验，极少量的试验最终通过强度分析来表明安全性。疲劳试验是采用飞续飞载荷谱模拟飞机在服役周期内的反复受载情况，观察飞机结构裂纹萌生的情况，发现飞机设计的薄弱环节，从而进行优化和改进。

中航工业强度研究所为了中国的民机事业，挥师东进，在上海市政府的大力支持下，在祝桥购置 100 亩土地，迅速建起了上海分部。

2016 年 4 月，C919 静力试验机进场，他们连续奋战，至 2017 年 2 月，突破八项关键技术，包括多功能一体化试验平台设计技术，双梁式轻置模块化机翼胶布带布置技术，双层地板双向静定加载及扣重技术，大变形起落架自适应垂向支持及加载技术等，顺利完成 C919 大型客机全机静力限制载荷试验，为确保首飞打下了坚实的基础。在韩克岑、周良道、李强的带领下，结构强度团队精心设计，顽强攻关，不辞辛苦，频繁往来于张江与祝桥之间，用汗水和心血浇开了 C919 大型客机的强强合作之花。

2016 年 12 月的一天，我在李强部长办公室采访时，来了一位客人，如果不是李强部长介绍，仅凭貌视人，你会产生错觉：他一头灰白头发，胡须参差不齐，身材不高，穿着普通的蓝白两色衬衫、黑裤子，拎了一个旧旧的黑色公文包，瘦削的脸，眯着一双慈善而又睿智的眼睛。如果在大街上相遇，你一定会以为他是民企或贸易公司的营销经理。李部长介绍说："他叫蒋金龙，我们都叫他老强度，是中航工业强度研究所大项目部副部长、民机部部长。"我顿感脸红，真是门缝里瞧人——把人看扁了。人不可貌相啊！握手之间，我感到一股暖流涌遍全身，他的手很大，有些粗糙，从握手的力度便知他是一个踏实的人。我顿时有了采访他的想法。后来联系几次，但总是"大错车"，我去上海，他回了阎良，我去西安，他又跑到了上海，玩起了"躲猫猫"。好不容易今年 3 月我又去上海，再找他，他那几天开会，他回约我，我又有了其他采访安排，直到今年 5 月 18 日，才提前一个星期约定去他们上海分部参观并采访。进了强度试验大厅，很是震撼，与中国商飞和中航工业的企业一样，大厅正中悬挂着醒目鲜艳的五星红旗，大厅正中是 C919-1000101 号静力试验飞机，上方挂着横幅：

C919飞机全机静力试验

2016年4月10日，C919大型客机全机静力试验正式启动

C919飞机全机静力试验。台架两侧挂着标语：千锤百炼展翅英姿尽显民族魂，十年一剑万众矢志聚力中国梦。我不禁想到在陕西阎良中航工业强度研究所试验大厅也见过类似的标语：中国梦，强国梦，众志成城，奋斗圆梦；航空人，航空魂，继往开来，一鸣惊人；鲲鹏展翅，亮剑长空，振奋人心；强度取力，鏖战始终，书强国志。好一个"强文化，梦飞扬"。

　　采访时，蒋主任突然冒出一句："你看我像农民吧？"

　　我一愣，不知如何回答。

　　他又跟了一句："我就是农民。"

　　我真是丈二和尚摸不着头脑了，他打开了话匣子："我祖祖辈辈都是农民，老家在河南洛阳农村，1960年生人，从小吃不饱饭，听说当工人好，每月发粮票，就想逃离农村，进城当工人吃饱饭。恢复高考，填志愿时，看到'西北工业大学'有一个工字，就不管什么郑州大学、北京大学了，那时还不知西工大是学什么的。

　　"录取通知书来了，上面写着：祝贺你被西北工业大学5系4专业录取。一时弄得我糊涂了，这5系4专业是什么密码？进了校园才清楚，这是航空工业部属院校，对外保密，'5系'是飞机系，'4专业'是飞机强度专业。开学典礼上，标语上写着'欢迎你，未来的航空工程师'，我心中暗喜，进城当工人吃饱饭的愿望实现了，以后肯定进大城市拿工资了。没想到，4年以后被分配到陕西耀县三线建设的大山沟里，在成立不久的中航工业强度所落了户。没多想，能挣钱了，吃饱饭就行，后来听同事讲，国产运-10飞机也是在这里进行强度试验飞上天的，感到很光荣。

　　"因为是农民出身，要求不高，踏实干活，有空就看看书。机会来了，两年后考上了华中工学院（现为华中科技大学）固体力学专业研究生，然后又回到耀县强度所，领导看我踏实，工作有成绩，27岁那年提升我为高级工程师，接着又送我去美国加州的一所大学继续深造，1999年提升我为研究员（正高），一直干到现在，没离开过结构强度，一辈子就干飞机强度这一件事。"

　　我忍不住打断他的话插了一句："您为什么说您就是农民?"他说:"你听着,我慢慢给你讲。"说着递给我一支烟,他先点燃自己的,抽起来。我不吸烟,不知讲什么,也破例接过来点燃,插入嘴中,喷出白色烟雾,看着他的眼睛继续听他说。"后来,国家要搞大飞机了,先从新支线开始,2000年中航工业成立了新支线飞机筹备组,从全国抽调51名专家到上海进行论证,由吴兴世牵头,把我作为结构强度的专家也请去了,一搞就是三年,完成了ARJ21-700新支线飞机方案。"他一边津津有味地吸烟,一边兴致勃勃地跟我聊,"可行性论证结束时,当时的中航商飞总经理汤小平把我叫到他的办公室,直截了当地对我说:'老蒋啊,你表现不错,为人朴实,又有高级职称,我们争取到一些上海户口指标,你考虑一下,可以来,爱人和子女随迁。另外公司在徐汇区购置了一些商品房,按你的资历可以分到120平方米,你自己付一半,工资待遇比陕西高,考虑一下,同意的话马上就办。'我为难了,一是感谢,二是感恩强度所培养了我,把我当一根顶梁柱。一时拿不定主意,回到西安,跟老婆一说,她也没主意,只说随我。我左思右想,最后下了决心,不办。

　　"到现在我还住在西安强度所的普通公房里,80平方米。同事后来知道了,见面就笑着说我是'农民''傻子'!我一想,是啊,一边是大上海120平方米商品房,市场价至少800万,而西安的老式居民楼,不值80万。仔细一比一想,我是'农民意识'不入潮流,我是傻瓜一个,送到眼前的红利不要。

　　"转念又想,我是强度所多年培养的人,全中国那么多的型号需要我去发光发热,人要感恩知足啊。小时候想进城找个工人当当,能吃饱饭就满足了,现在生活好了,还是要讲点精神,讲点奉献。想通了,后来同事再提这事,我就硬邦邦回一句'我就是农民'。"

　　十几年来,蒋金龙在上海、阎良、西安(强度所总部)三地跑,忙得不可开交。上海分部是直接为 C919 大型客机建立的，整个试验设置布局，具体元件、组件、大型部件，以至全机结构试验的技术、管理工作都浸透着他的心血汗水。当他看到 80 后新一代成长起来挑大梁特别高兴，他经常和青年人在一起，毫无保留地把自己的技术和经验传授给年轻的工程技术人员。他担负的任务十分繁重，从新舟 60 系列到 ARJ21-700，再到 C919，还有其他军机型号。他长年坐飞机，比乘汽车的时间还多，日久天长，导致耳膜破损，两个耳朵发炎化脓，他又不去医院，现在听力严重下降。有时去阎良西飞公司，突然上海来电话请他赶快去上海，他处理完阎良的试验，路过西安不进家门，就直接奔咸阳机场了。有时人在上海，阎良来电话，他又马不停蹄，从咸阳下飞机，直奔阎良。

尽管他爱人特别贤惠，有时也忍不住发脾气："你一年也在家待不了几天，春节也不在家过，家成了你的招待所！"

老伴患低血糖，有一次昏迷，她自己爬起来喝糖水，险些出了大问题。孩子中考、高考他根本没法陪伴辅导。这就是"农民"蒋金龙，全心全力投入 C919 大型客机强度试验、全心全力投入中国民机事业的著名专家——蒋金龙。

第二十五章　在美国学飞行

　　"我于 2015 年 4 月至 2016 年 2 月，自费去了美国加州通用航空飞行学院，十分艰难，最终学成，获得了拥有飞行资质的'私照'，'私照'就是个人飞行执照，有资格驾驶商业航班以外的飞机，不能赢利。"

　　采访一开始，他就连珠炮一样端出了这段经历，强烈地刺激了我的敏感神经，急切地想听听他的故事。

　　他叫华振，百家姓里的"华"，振兴中华的"振"。华振有振兴中华的理想和情怀，他是中国商飞上海飞机设计研究院动力装置部的设计工程师。他从小就痴迷飞机，5 岁时用画笔歪七扭八地画了一张简笔画，还用五颜六色的蜡笔涂上幼稚天真的色彩。他很有想象力，画的是一架民航大客机，有机身还有大机翼，机翼下面悬挂着发动机，机身顶上还有一架歼击机。父母看到儿子有画画的天赋，省吃俭用送他到少年宫，进了儿童美术课外辅导班。爸爸专门买了一本世界现代飞机画册让他临摹，小华振开始有事做了，一架一架地仔细画，还能记住飞机的国籍、型号名称和发动机。5 年的时间，他成了专画飞机的小画家。作品展览时，许多家长都称赞他这么的小年纪，画出逼真的大飞机，将来会成为飞机设计师。

　　热爱飞机只是华振的童趣天性，一次幼儿园老师带着他们去虹桥国际机场参观，听叔叔阿姨讲飞机，兴奋的华振拍着手跳，看着一架架起起落落的大飞机，华振幼小的心灵飞上了蔚蓝的天空。他不停地画，不断地想：我也要开飞机。他上初中后，爸爸、妈妈有了顾虑，这孩子这么痴迷玩飞行游戏，是要耽误学习的，曾一度对他限制，只许周末玩，平时不许碰。华振没去辩解，而是拿回考试成绩来证明自己，他的物理、数学成绩特别特别好，几乎是满分。他这才向家长说了心里话，飞行游戏需要飞行基础知识，要玩得出色，就要学习掌握这些知识，而这些航空知识的理论基础，就是物理和数学。爸爸妈妈明白了，也就放心了。不能限制束缚孩子的童趣和天性。

华振小时候，爸爸经常给他买回一些纸质模型飞机，这些模型飞机设计巧妙，印刷精美，十分逼真，粘贴组装好以后还可以当滑翔机玩，小华振高兴极了，前前后后把中国少年儿童出版社的纸模型飞机做了3套，认认真真地把盒子里的纸片按虚线折叠起来。一架架战斗机纸模型做好了，什么F-14、F-16、F-18、歼-7、歼-8、幻影2000，他拍着小手笑个不停，高兴地招呼小伙伴们一起观赏。

小学一年级，他参加了学校航模兴趣小组，他非常喜欢做橡皮筋动力的模型飞机，就是把橡皮筋缠成一个个小疙瘩，然后一松手，飞机就飞起来了。华振总是把橡皮筋缠得满满的，这样飞机动力大，飞得又高又远。后来他开始用四驱车的材料做电池动力的航模飞机，自己动手设计制作，还制作了飞机起落架和螺旋桨，看着自己的作品他十分开心。可是，装上电池一按开关，螺旋桨不停地转，飞机在原地不停地颤抖，却飞不起来。小华振哭了，哭得很伤心，老师安慰他：要想叫飞机飞起来，不是简单的事，慢慢你懂的知识多了，做的飞机就能上天了。华振听在耳中，记到了心上。他开始读书，爸爸买的一本少儿科普书《太空探索》让他如获至宝，天天晚上看，几个月的时间，把崭新的书翻成了旧书。这本书打开了知识大门，让他知道了莱特兄弟发明飞机、X1突破音障、人类第一次登月、航天飞机空间站等许多航空航天的知识和史话。小华振喜欢飞机到了痴迷的程度，一次看到儿童商店里摆着一套新出的"航天飞机"模型，他站在那里看了许久，爸爸看出了他的心事："你期末考试如果得'双百'，就买来送给你当奖品。"他拼命地背书、算题，结果考试成绩数学100分、语文95分。为了得到"航天飞机"奖品，他第一次撒了谎，说考了双百，爸爸给他买回来了，他心中不安，说了实话，爸爸生气了，第一次打了他，教训道：小孩子一定要诚实，不能为了达到目的撒谎。这件事对他的成长影响很大。

初中三年级时，爱玩游戏的表哥送给他一张飞行游戏光盘，趁大人不在家，两个人玩起了飞行游戏。电视屏上飞机疾速滑行，瞬间飞上天空，爬升，俯冲，一个个惊险动作十分刺激，小华振瞪大了眼睛，看了一遍又一遍，按着遥控器"驾驶"飞机，从此爱上了模拟飞行游戏。一直到高中三年级，他放学后一有时间就去淘飞行游戏的光盘，一次买到一款苏-27飞机的模拟飞行和空战游戏碟，碟片中的飞机仿真度很高，如同真实的飞行，给他带来了强烈的飞行体验，也让他认识到飞行不仅仅靠手柄完成，还要掌握更多的理论知识。

华振上高中时，学习成绩十分优秀，几个学习好、有梦想的同学凑到一起畅谈理想，他们决心要考全国最有名的高校。填高考志愿时，华振失眠了，翻来覆去睡不着，是选名校还是选自己喜欢的院校和专业？是在上海，还是去北京、南京？他从小画飞机，长大玩飞行游戏，华振想：我这辈子是为飞行而生的，不能放弃童年的理想，要读我喜欢的专业。他知道全国最好的航空院校是北京航空航天大学、南京航空航天大学和西北工业大学。他本想报考北航，但考虑到"父母在，不远游"，便干脆利落地填上了南京航空航天大学。他又问熟悉中航工业的老师："我们国家航空领域什么专业最弱？"老师低沉地告诉他"发动机专业"。他听后在报考专业上坚定地填上：发动机专业。

2004 年金秋时节，当高中时期的几个小伙伴进了上海交大、复旦、同济时，华振乘上火车离开上海到了南京航空航天大学读发动机专业。他立志将来在国家发动机由弱到强的进军中贡献自己的力量。在南航，他一边学习，一边在课余玩模拟飞行，同时还参加无动力飞行全国比赛，获得了全国大赛冠军。华振又激动了，本科毕业的时候决定考研，什么专业方向？他左思右想，感到航空发动机理论 4 年本科学习中，有了系统储备，只剩在工作实践中进一步研究了。而渴望飞行的梦一直魂牵梦萦，主意已定，他报了飞行力学专业。两年飞行力学的研究生读下来，华振如虎添翼，2010 年毕业季到了，他又伤透了脑筋，是去西北搞军机研制，还是回上海？搞军机适合他的性格，也是他的梦想，但是离家远了，父母需要照顾，听说上海在搞大飞机，于是他毅然决然地选择回上海。

华振这样的人才，中国商飞是急需的。2010 年，华振进了中国商飞上海飞机设计研究院，领导根据他的专长，分配他到动力装置部。后来的 4 年多时间里，他南来北往，在 ARJ21-700 新支线飞机跟试跟飞中扎实工作，默默奉献。后来，他又有想法了：一个飞机设计工程师，如果有飞行本领、飞行的经历就能更好地搞好设计，而我有了飞行力学的专业知识，还没有飞行经历，这是不完整的。于是，他产生了学飞行拿执照的想法。由于他的视力不好，错过了入选飞行员的机会，再考"商照"需要按部就班去学习培训，更需要数倍的资金投入，他也没这个条件了。唯有考"私照"，到国外飞行培训机构培训，成绩合格后拿到私照才算有了飞行资质，但是，不可以进入航空公司飞航班挣钱。说白了"私照"只是一种资质，证明你有合法驾驶飞机的资格，没有商业飞行的意义。

那为什么华振还要执意花高昂的学费去考"私照"呢？

华振出生在上海普通的工薪家庭，父亲是医生，母亲是公务员，属于天天按时上下班、拿固定工资的上班族，亲属中也没有炒股票、炒楼盘地产的暴发户。他是一个很明理懂事的孩子，向父母亲说了要去美国学飞行的想法，他的父母很理解。

他父亲说："你长大了，没让我们操心，既然喜欢就去做吧，我们相信你。"说完，脸上现出了一丝为难的神色，聪明的华振明白了父亲想说什么，马上说："爸爸，学校我联系好了，是加州一所私人老板办的航校，比美国国家的航校学费便宜许多。学费我也攒够了，毕业后工作 5 年了，我自己能解决，不用家里出一分钱。"爸爸点了点头，妈妈说话了："你要和甜甜（穆甜甜，华振的爱人）好好商量一下，她是一个好孩子，听听她的想法。"

"妈，我们说过几次了，她开始不同意，后来理解了。"华振说。

妈妈又说："你们已经登记拿到结婚证了，那就先办完婚礼再走吧。"

"妈，不急，我们说好了，她支持我安心学习，她在上海装修我们的新房，我一回来就结婚。"华振答道。

2015 年 4 月，华振只身走进了美国加州通用航空飞行学院，学员来自世界各地，黄皮肤的亚洲人不多，年龄也参差不齐，有航空院校学历背景的，也有非专业的学生，学习目的各不相同，但他自己心中有一个坚定的目标：考取私照，成为有资质的飞行者。

对华振来说，适应环境和生活是第一关。为了节省费用，他租了联体公寓不到 8 平方米的一个小房间，没有独立厨房和卫生间，连电脑桌椅都放不下，他只能趴在床上学习，时间长了，腰酸背痛，他就换个姿势继续趴着学习，夜深人静时，他就到大厅里读书。去时是夏天，没有空调，他买了一个小电扇；到了冬季，他又买了个电热器取暖。吃的就更简单了，他经常买速冻水饺，有时一杯咖啡两片面包，周末中午去附近中餐馆吃份快餐，剩下的菜打包回家，晚餐就解决了。华振求知若渴，学习期间跑遍了加州 17 个航空航天博物馆、科技馆，眼界大开。妻子度蜜月来美国看望他时，华振一次也没带她逛商场，而是去了"奋进号"航天飞机加州科学中心、格里菲斯天文台和"中途岛"号航空母舰博物馆。

孤独和寂寞时时袭来，好在有网络、电话，可以经常与父母和爱人甜甜通话，听到亲人的话语如同见到亲人一样，他心情就开朗了。但是有一件事让他痛苦许久，他在南航有一位师兄叫石钢，比华振高一届，同是学院无动力滑翔队的队友，在校的时候，经常玩在一起，两人无话不谈，志同道合，有时聊到兴起时，回寝室已是皓月当空。石钢毕业后到沈阳飞机设计研究院研发舰载机，不幸患了脑动脉瘤。两人几年来经常通电话。华振去美国后，石钢问他，需要多少学费，华振说20多万，石钢说，20多万只够他的手术费，也许能救他一条命，而华振却可以实现一个梦想。大洋彼岸的华振听了泪流满面。2015年6月13日，也就是华振赴美48天后，石钢去世，噩耗传来，华振悲恸欲绝，跑到旷野上失声痛哭。华振曾获无动力飞行全国大赛第一名和第三名，石钢作为大师兄提供了大力帮助和指导。华振停飞一周，沉浸在悲痛之中难以自拔，密友离去，使华振学习飞行的动力更足了。

这个学院整个飞行私照的学习内容分两部分：理论知识和飞行技能。课时安排十分紧凑，考试十分严格，周周考，月月考，学校考，FAA考，考试不及格必须补考，3次补考不及格，劝退离校。华振有系统完整的航空专业功底，校方知道他来自中国商飞C919大型客机主制造商，对他另眼相看。

但是华振毫不放松对自己的要求，每天晚上都要看书到深夜一两点，第二天早上7点照常起床学习。理论课的内容除了飞机系统、空气动力学、性能操稳、装载配平之外，还有适航法规、气象、导航、陆空对话、飞行计划和保障体系等。最费功夫的是美国FAA的适航法规，英语不是母语，大量条款需要死记硬背。美国适航法规源于以案例为基础的海洋法系，条款背后有深刻的血的教训，要记忆很多场景，华振以惊人的毅力，下大功夫啃这些硬骨头，终于以近满分的成绩在3个星期内通过了FAA理论考试，开始了飞行技能训练。

飞行技能训练分 3 个阶段，每个阶段训练不同的科目。在华振看来，这些科目远没有空战游戏复杂。然而事实并没有他想的那么简单。飞行技能训练第一阶段有机动训练、失速改出、紧急程序、降落等；第二阶段主要考试长距离飞行、改航；第三阶段则是综合训练。作为模拟飞行游戏的资深玩家和无动力滑翔飞行的冠军，第一阶段纯粹的飞行技巧是华振的特长，他用最少的训练小时数通过了单飞考试，开始第二阶段的转场飞行训练。

这个难度很大，陆空和空空的无线通话成了横在他面前的一座大山。在管制空域里，飞行员一般只需与固定的空管进行对话，口音、内容和形式都是标准化的，比较容易记忆。但是，在非管制机场，情况就复杂了。非管制机场没有塔台，飞行员之间互相联系的广播频道里充斥着各种口音的英语对话，有关飞机之间的方位、间隔等方面的信息都需要飞行员自己通过频道里的对话去判断。比如飞机位置在哪里，得到的回复一般都是在某个地点的什么方向，距离多少，建议的进入次序和方法。

但是，对于华振来说，对方所说的地点他根本不知道具体方位，更没办法协调对方进场的次序和路线。在世界空域最复杂繁忙的地区之一洛杉矶，初次长距离转场飞行，航路上各种各样的情况都会出现，华振连续 3 次考试均因缺乏辨识航路信息能力而未通过。

那段时间，他除了睡觉、简单吃饭外，所有的时间都戴着耳机听陆空无线电通话，识别有口语的英语。他一遍遍看地图，详细了解考试可能飞到的几个机场周边环境。坐车到考试区域，观察不同时间段的航班密度，以及飞机行进的方向和飞行周边情况，对不同的情景制定不同的飞行预案，然后在模拟游戏中反复练习。功夫不负有心人，最终他通过了非管制机场的转场考试。这是对华振意志品质的严峻考验，他想到一句歌词：不经历风雨怎么见彩虹。

飞行训练最难的科目之一是"改航"，通俗点讲，就是在假设天气不利、迷航或油料不足的情况下，改变飞行计划和目的地。考试时会被蒙上眼睛，由考官将飞机飞到一个考生不知道的地方，然后让考生摘下眼罩，考官会在航图上指出一个机场的位置，要求考生改航飞向这个机场，考生要在飞机盘旋3圈的时间内准确确定飞机所在位置，制订好飞行计划。飞机每圈盘旋只有2分钟。在这短短的6分钟内，考生需要一边抬头保持高度、速度一边低头进行航图作业，确定应飞的航向、高度、速度，制定导航方式、穿越的空域以及预计到达的机场时间和油耗。报告考官之后，按计划飞向目的机场，对结果进行验证。华振之前对地图的研究、对考场的观察以及长期玩模拟飞行游戏积累的计算能力，在"改航"考试中都派上

华振在学习编队飞行

了大用场，让很多人栽跟头的考试，他一次就通过了。

通过了学校 6 次笔试、3 次口试、4 次飞行测试后，华振拿到了航校毕业证，有资格向 FAA 申请更高层级的考试。考试当天，气象预报有中度紊流并伴有低空风切变，跑道的正侧风速达到了飞行手册中规定的极限能力，并有进一步转坏的趋势。飞不飞？进退两难之时，学生身份快要到期的华振别无选择，想起了在 ARJ21 飞机低空风切变模拟机验证试飞的预试中练习和积累的丰富的操作技巧，他决定迎难而上，立刻起飞参加考试。这是背水一战，只能成功、不能失败的挑战。考试中，华振寻找到一块三面环山的死腔型空域，利用山体，阻挡并减小了波涛汹涌的气流对飞行动作的干扰，完成了空中机动和领航科目。然而返回机场进行软跑道降落科目时，恶劣的气象条件全部加载到了飞机上。软跑道着陆主要是模拟飞机在草地上降落，如果着陆太重，前轮可能陷在草地里。因此必须以非常小的下降速度擦到地面慢慢着陆。在剧烈的切变侧风和乱流下，华振竭尽全力控制飞机，保证其以很小的下降率擦到地面着陆。没想到考官要求他再次起飞进行两次软跑道着陆，华振没问为什么。他像一个军人，以服从命令为天职，他按要求又进行了两次着陆，最终通过了考试。过后，考官拍着华振的肩膀说："今天风这么大，你能完美着陆，是不是撞上运气？所以，我叫你做了两次。我当了 30 多年教官，第一次遇见能在这种天气下起飞和完美着陆的学员，非常好，祝贺你！" 9 个月的美国飞行考试之旅很快过去了，华振从美国加州通用航空学院 FAA 委任考官手中接过了飞行"私照"证书。那一刻，他微闭上双眼在想：我的飞行梦想实现了，我要快点回去，为祖国的大飞机事业做出贡献。

回国后，华振又回到了中国商飞上海飞机设计研究院动力装置研究部，开始用飞行考证的经历和体验，用全新的眼光和视角进行技术研究工作，把学到的飞行理论知识和飞行技能用在试验试飞之中。

尾　声

　　浦东临港，这块充满希望的沃土上，涌现着一个又一个奇迹。9 年光景，这里树起了创新型国家和制造强国的标杆，树起了改革开放的标杆，建设国际一流航空企业的目标取得了累累硕果，中国民机产业核心初步建成，中国商用飞机研发基地迅速崛起，充满朝气和后劲的年轻团队集结成长，C919 大型客机首飞成功。

　　"一定要把大飞机搞上去""让大飞机早日翱翔蓝天"的强音，鼓舞和激励着商飞人不懈追求，勇往直前。

　　九载风雨兼程，九载砥砺前行，中国商飞人万众一心，不负众望，用"长期奋斗、长期攻关、长期吃苦、长期奉献"的精神托起了 C919 大型客机，用梦想、情怀、汗水和才智打造了中国之翼，书写了中华人民共和国工业文明发展的辉煌篇章。

　　但是，飞机飞起来，只是一个开端，一个新的起点，接下来的任务还很重，路还很长。C919 大型客机还要生产 5 架试验机，还要经受众多科目严酷的试验试飞，还要经受国际标准的适航审查，取得型号合格证以后，还要批量生产、交付运营直至取得商业成功。

　　任重道远，长路漫漫。展望明天，有诗和远方，有逐梦、圆梦的美好，也有攀登的艰辛、筑梦的艰难。但是，面对压力和挑战，贺东风自信坦言：不忘初心，坚定前行，只争朝夕，再立新功。

我们祝愿中华人民共和国大飞机"长子"C919飞得越来越好，中国之翼的名片越来越亮丽光鲜。

（本书图片由中国商用飞机有限责任公司、

上海航空器适航审定中心提供）

后 记

　　我接受"中国创造故事丛书"中《逐梦蓝天：C919 大型客机纪事》写作任务时，心情亦喜亦忧。喜的是这套丛书紧贴时代脉搏，弘扬主旋律，站在国家尖端科技成就的制高点上，传播大国重器、强国之翼，于是欣然允诺。忧的是时间紧迫，其间我还要出差两次，本来极紧的写作时间又被占用两个星期，怎么办呢？只有横下一条心：拼！业内有句行话：慢工出细活，微雕出精品。短时间内要出精品，不免让人有些许惶恐，倾心尽力吧。

　　历经千辛万苦，突破重重难关，C919 大型客机首飞成功，但这只是可喜的第一步，还要进行严格的试飞试验，获得型号适航合格证，取得市场效益，那才是真正的成功。

　　我小时候也喜欢玩纸飞机，但是，没有要当飞机设计师的远大梦想，只觉得飞机好玩，偷妈妈剪鞋样的硬纸片叠飞机，与小伙伴比谁的飞机飞得高、飞得远，爱听老师讲"飞机为什么会飞""十万个为什么"之类的故事。下乡插队的村旁是海军航空兵滑翔机机场，有时我蹲在田头，一看就是一整天，当飞机"嗡嗡"地从眼前飞过，我高兴地跳起来拍手叫好，有时睡觉也梦到飞机，咯咯地笑出声来。后来征兵开始了，而且是空军飞行学员，我喜出望外，报名参加，然而体检时，第一关就把我淘汰了，理由是"鼻甲肥大"，容易发炎阻塞鼻腔，当飞行员是不够格的。我很无奈，只得当了不上天的铁道兵。15年过后，赶上"百万大裁军"，便转业到了中国民航局，从杂志、报纸再到企业文化培训，一干就是24个年头，积累了一定的工作经验和航空专业知识，慢慢就有了创作冲动和"野心"，想写一些航空史话。2015年，我的《中国大飞机》被中国作家协会列为重点作品扶持项目后，我就马不停蹄开始了采访、创作。

2016年7月至11月我发表了《中国适航报告》，在《中国民航报》连载了30期、15万字，中国民用航空局官网和中国商飞官网等网媒转发了，中国作协创研部李朝全主任主编的《中国纪实文学年度佳作2016》也选载了，得到了业界认可和好评。来不及修订成书，我又投入了C919大型客机的紧张采访之中，深入C919研制一线大半年，深入商飞人的工作和生活之中，我看到了商飞人"长期奋斗，长期攻关，长期吃苦，长期奉献"的感人情景，进一步了解C919大型客机研发制造的艰辛历程，看到了C919大型客机飞起来的真实过程，于是有了创作激情，战胜了重重困难，按要求如期完成了这部作品。

前不久看了纪录影片《冈仁波齐》，故事框架简单，内容也不曲折复杂，11位藏族同胞前往布达拉宫和冈仁波齐山朝圣，一路千辛万苦，一路虔诚长拜。我由此想到，C919大型客机的艰难历程何尝不是如此，关山险隘，困难重重，唯有初心不改，终能筑梦成功。中国商飞人万众一心，中国航空人众志成城，全国人民鼎力助阵，C919大型客机终于飞起来了，这张中国之翼、强国名片打造出来了。

这里向鼎力支持我采访写作的中国民航局、中国作家协会、中国报告文学学会、中国商飞公司及其党群工作部表示衷心的感谢，向配合协助我采访的领导和同志们表示衷心的感谢。

2017年7月28日于北京海天居